映画「からっ風野郎」撮影中の三島由紀夫

三島由紀夫（みしまゆきお）　大正十四年（一九二五）～昭和四十五年（一九七〇）。小説家、劇作家。本名平岡公威《きみたけ》。昭和六年四月学習院（初等科）に入学。十六年に学習院教官清水文雄の推薦により小説「花ざかりの森」を雑誌「文芸文化」に連載し、十九年に短篇集『花ざかりの森』を刊行するなど、早くから類まれな文才を発揮した。

戦後は、昭和二十四年にサドマゾヒスティックな同性愛者を主人公とする自伝的小説『仮面の告白』で文壇に衝撃を与え、以後小説『禁色』『潮騒』など問題作、話題作を執筆、能を翻案した『近代能楽集』の連作や新作歌舞伎の創作でも注目を集める。昭和三十一年には、金閣放火犯を主人公とする『金閣寺』を発表したが、これは現実に起きた事件に仮託して、「小説を書くということ」の意味を追究する「芸術家小説」でもあった。また、戯曲「鹿鳴館」、短篇「橋づくし」など、文学史に名を刻む傑作を相次いで発表する一方で、ボディビルや剣道によって肉体を鍛え、マスコミに多くの話題を提供した。

だが、自ら「私の『ニヒリズム研究』」と謳い、『金閣寺』以上の成功を目指して世に問うた小説『鏡子の家』が不評に終わった昭和三十四年以降、小説『宴のあと』をめぐりプライバシー裁判で訴えられ、二度にわたる文学座分裂事件に直面するなど相次ぐトラブルにも見舞われ、混乱と精神的沈滞の時期に陥る。三島は昭和四十年刊行の『三熊野詣』の「あとがき」でも、

「私は自分の疲労と、無力感と、酸え腐れた心情のデカダンス」を、この著作集所収の四篇に込めたと述べている。

しかし、ここで三島は文学への信頼を呼び戻し、ライフワークの創作を企図した。それは各巻の主人公が転生する長篇四部作『豊饒の海』である。三島はまた、天皇の人間宣言を痛烈に批判する小説「英霊の声」を著わして、戦中戦後を生きてきた自らの精神的立脚点を再確認し、ついで昭和四十三年には「文化防衛論」を発表して、みやびの源流である「文化概念としての天皇」を守るために「天皇と軍隊を栄誉の絆《きづな》でつないでおくことが急務」だと唱えた。また自衛隊に体験入隊し、学生とともに楯の会を組織した。

ところが、昭和四十四年秋以降、新左翼運動が退潮し、楯の会の存在が必要とされるような状況が遠のくと、三島は再び精神的沈滞に陥る。その危機を乗り越えるために三島が選択したのは、次のようなことだった。すなわち、『豊饒の海』の結末の構想を一変させ、転生の物語という結構自体を否定して、文学において虚無というものをこれ以上ない形で表現するとともに、四十五年十一月二十五日、楯の会の森田必勝《まさかつ》らとともに陸上自衛隊東部方面総監部に押し入り、天皇を中心とする日本の歴史と伝統を守るという建軍の本義に戻ることを訴えた後、割腹自殺を遂げたのである。

目次

三島由紀夫の輪郭……5
主要人物解説……11
関係系図……13
プロローグ……15
第一章　仮面の誕生……21
昭和零年／祖母と祖父／祖母と母
第二章　セバスチャンと洗礼者ヨハネ……29
紙上映画／処女詩の掲載／三島を選んだ神
第三章　詩を書く少年……39
魔の館／川路柳虹／ニセモノの詩
第四章　三島由紀夫の誕生……51
ラディゲに憑《つ》かれて／心のかゞやき・公園前・鳥瞰図／

清水文雄

第五章　文芸文化を超えて……62
花ざかりの森／夜の車／輪廻への愛
第六章　終末感からの出発……74
荒涼たる空白／不能という主題／魔群の通過
第七章　裏返しの自殺……83
仮面の告白／同性愛という観念／告白の不可能性
第八章　太陽の発見……92
ブランスウィック／卒塔婆小町／アポロの杯
第九章　助　走……104
『潮騒』と『禁色』／三島歌舞伎の誕生／沈める滝
第十章　頂点としての『金閣寺』……116
近代小説とは何か／芸術家小説／想像力の問題

第十一章　白昼《まひる》の文学 …… 128
鹿鳴館／橋づくし

第十二章　栄光と焦燥 …… 139
ボクシングをする文学者／剝《は》ぎ取られた仮面／ニューヨークでの孤独

第十三章　転　落 …… 150
鏡子の家／『金閣寺』を超えて／はじめての失敗と結婚

第十四章　「憂国」という至福 …… 162
からっ風野郎／宴のあと／憂国

第十五章　疲労と頽廃 …… 173
嶋中事件とプライバシー裁判／喜びの琴／ハイデガー三部作と『午後の曳航』

第十六章　最後の飛翔 …… 187
『豊饒の海』の開始／映画「憂国」と「サド侯爵夫人」

第十七章　阿頼耶識と英霊……196
唯識と世界解釈／太陽と鉄／英霊の声
第十八章　「文化防衛論」と『暁の寺』……208
道義的革命と古今和歌集／祖国防衛隊／世界は存在するか
第十九章　ジン・ジャンと死……221
楯の会／ジン・ジャン／森田必勝と源為朝《ためとも》
第二十章　豊饒なる仮面……229
世界の崩壊／天人五衰《てんにんごすい》／三島由紀夫の最期／仮面を超えて
三島由紀夫略年譜……243
参考文献……249
あとがき……251

主要人物解説

東　健《たかし》　大正九年（一九二〇）〜昭和十八年（一九四三）。学習院時代の三島の先輩で、筆名は東文彦。昭和十七年、東京帝大文学部学生の徳川義恭《よしやす》、学習院高等科一年の三島とともに同人誌「赤絵」を創刊したが、翌年二十三歳で病死した。

川路柳虹　明治二十一年（一八八八）〜昭和三十四年（一九五九）。詩人。昭和十五年、三島は父・梓の友人の紹介により、母・倭文重とともに川路宅を訪れ、詩作の指導を受けた。

川端康成　明治三十二年（一八九九）〜昭和四十七年（一九七二）。小説家。雑誌「人間」に三島の短篇「煙草」の掲載を推薦し、戦後の文壇に三島を再出発させた。昭和四十三年、ノーベル文学賞を受賞。昭和四十七年にガス自殺した。

澁澤龍彦　昭和三年（一九二八）〜昭和六十二年（一九八七）。評論家、小説家。澁澤はサドの作品を翻訳、紹介し、その著『サド侯爵の生涯』から着想を得て、三島は『サド侯爵夫人』を著わした。

清水文雄　明治三十六年（一九〇三）〜平成十年（一九九八）。和泉式部をはじめとする平安朝文学の研究者。昭和十三年学習院に赴任し、翌年、中等科三年となった三島の国文法と作文を担当した。十六年には小説「花ざかりの森」の雑誌「文芸文化」への掲載を推薦、仲介した。

杉村春子　明治四十二年（一九〇九）〜平成九年（一九九七）。文学座を代表する女優として、三島の「鹿鳴館」「熱帯樹」「薔薇と海賊」などに出演。しかし、「喜びの琴」上演中止事件を境に、三島とは疎遠になった。

堂本正樹　昭和八年（一九三三）～。能楽研究家、劇作家、演出家。昭和二十四年以来、三島と親交があり、映画「憂国」でも演出を務めた。

ドナルド・キーン　Donald Keene　一九二二～。日本文学研究者。三島と親交が篤く、『近代能楽集』『宴のあと』『サド侯爵夫人』を英訳するなど、三島文学を世界に広める上で、たいへん重要な役割を果たした。

中村歌右衛門（六世）　大正六年（一九一七）～平成十三年（二〇〇一）。戦後を代表する歌舞伎役者。三島が書いた歌舞伎作品の内、「椿説弓張月」を除く五作品に出演。三島は歌右衛門の依頼により戯曲「朝の躑躅」も書いている。

中村光夫　明治四十四年（一九一一）～昭和六十三年（一九八八）。評論家、作家。戦後、筑摩書房で編集顧問を務めていた時は三島の持込原稿を評価しなかったが、後に文学グループ鉢の木会や雑誌「声」の編集を通じて、三島と親交を深めた。

蓮田善明　明治三十七年（一九〇四）～昭和二十年（一九四五）。国文学者。「文芸文化」同人の中心人物で「花ざかりの森」を激賞した。昭和十八年十月、二度目の召集令状を受け翌月南方戦線に出征したが、昭和二十年八月十九日、マレー半島南端ジョホールバールで、上官を射殺後自決。

森田必勝《まさかつ》　昭和二十年（一九四五）～昭和四十五年（一九七〇）。持丸博に代わり、昭和四十四年秋から楯の会二代目学生長を務め、四十五年十一月二十五日、陸上自衛隊東部方面総監部で三島とともに割腹自殺を遂げた。

関係系図

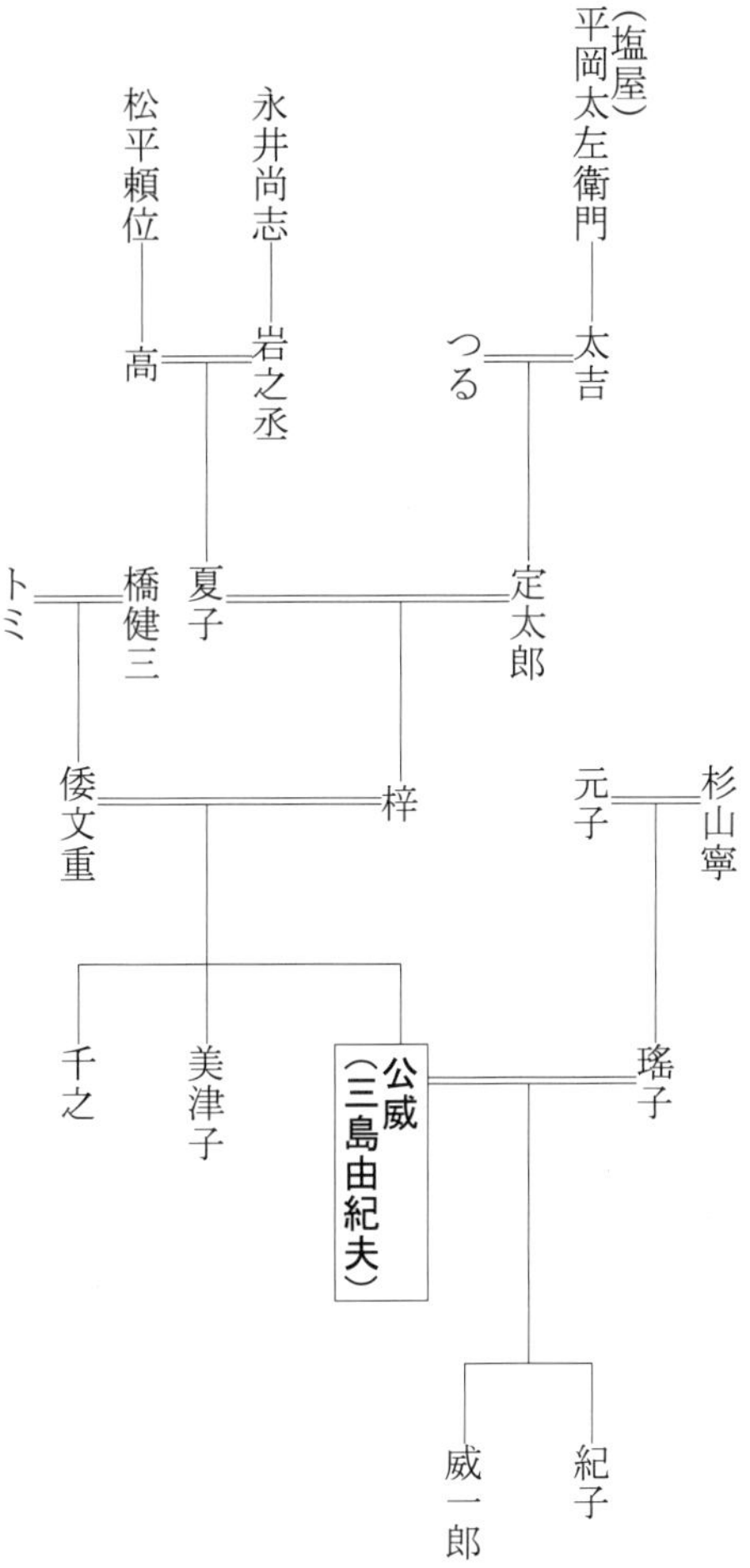
（塩屋）平岡太左衛門
太吉
つる
永井尚志
岩之丞
松平頼位
高
定太郎
夏子
橋健三
トミ
梓
倭文重
杉山寧
元子
瑤子
公威（三島由紀夫）
美津子
千之
紀子
威一郎

プロローグ

三島由紀夫は多面体の人だ。彼はしばしば現実に起きた社会的事件に小説の題材を求めるが、夢や想像の世界、輪廻といった日常を超える世界を描く作家でもある。歌舞伎や能など日本の伝統芸能に親しむと同時に、西洋文学や文化を好み、何度も海外に足を運んだ国際人である。深夜、書斎に閉じこもり孤独な執筆作業に没頭する一方で、ボディビルで鍛えた身体を舞台や映画のスクリーン上に現わす。熱烈な天皇主義者だが、しかしまた昭和天皇を厳しく批判したことでも知られている。そして、同性愛者を主人公とする小説を書き、かつ妻との間に二人の子を設けた家庭人でもあった……。なんと多くの顔を三島は持っていることだろう。

だが、人はこんなにも多くの顔を同時に持ちうるものであろうか。多面体としての活躍ぶりを目《ま》の当たりにすると、三島を論じようとする者は目の回る思いがし、こう呟きたくなるのである。いったい三島由紀夫とは何者なのか？　本当の三島はどこにいるのか？

もし、これら多面体の中のどれか一つが本当の顔であり、他は偽物ということになれば、三島に関してある纏《まとま》りのある理解が得られるかもしれない。しかし、そう考えようとして実際に一つの顔を選び出してみると、それでは覆いきれない別の顔がたちまち現われてきて、結局収拾がつかなくなる。

これに対して、次のような考え方もある。すなわち、本当の三島など存在しない。あえて言えば、それは無であろう。さらに言えば、三島が複数の顔を持っているのは、ちょうど気圧の低い容器が、多くの壁で幾重にも守られなければ外側から押し潰されてしまい、己《おのれ》の形態を維持できないようなもので、本当の三島はその容器の内部のように虚ろだったのではないか。複数の顔は、いずれも鎧《よろい》であり、すべて偽物の仮面に他ならないのだ、という考え方である。

こうした見方は、三島という存在について考える上で一つの有力な視点を与えてくれると私は思う。私は、前著『三島由紀夫　虚無の光と闇』（試論社、平18・11）でも、このような観点から三島文学の核心に迫ろうと努めた。しかし本書では、これとは少し異なる角度から三島由紀夫の生涯を辿ってみたいと考えている。

今、私が注目したいのは、たとえ三島の様々な顔が仮面だとしても、それはいずれも偽の仮面として言い捨てるわけにはゆかない高い完成度を示し、見逃し難い存在意義を持っているということである。では、その存在意義の内実は、具体的にはどのようなものだろうか。たとえば、三島が夢や想像の世界、輪廻といった日常を超える世界を描き、また現実に起きた社会的事件に題材を求める小説家でもあったことは、近代文学の系譜の上でいかなる意義があるのだろうか。また、熱烈な天皇主義を唱える一方で昭和天皇を厳しく批判したことは、日本の精神史の流れの中に置いたとき、いかなる意味を持っているのだろうか。三島の個々の仕事や事績に対して、これをより大きな文脈から見たとき、どのような意義があるのかということを、私はできるだけ確かめてみたい。本書が、このような方向を目指す評伝であることを、まずここに記しておきたい。

だが私には、本当の三島など存在しない、すべては偽物の仮面に過ぎないのではないか、と先ほど述べたことについても、もう一歩踏み込んで考えておきたいことがある。いったいこれは、三島という一人の人間だけの、特異な問題に過ぎないのであろうか？

私が思い起こすのは、学生時代に読んだR・D・レインの *Self and Others*（邦訳『自己と他者』志貴春彦ほか訳、みすず書房、昭50・9）という本の一節である。精神分析医であるレインは、ある三歳の子供について触れている。この子供の部屋には四つの椅子があったが、第一の椅子に座る時、彼はアマゾンの探検家である。第二の椅子では彼は唸りをあげるライオンになる。第三の椅子では海を渡る船長になる。しかし第四の椅子では、彼はまさに一人の少年であり、彼自身に他ならないというふりをしようと努める。それに成功すれば、仮面はそのまま彼の素顔になる。この時、彼は自分が演技をしていることを忘れてしまうのだ。だが、やがて彼に老いが訪れる。すべてはゲームであったことを彼は思い出し始める。彼はかつて少年であることを演じ、ついで大人であることを演じ、今度は老人であることを演じようとしているのである。

私はこの話を、症例というよりも、一つの寓話と考えたいと思う。それは、人間にとって、自分自身であること、つまりアイデンティティを持つということは、常識に反して、実は仮面を被《かぶ》ることと別のことではないと教える寓話なのだ。このように考えるならば、本当の自分は存在せず、すべては仮の顔、すなわち偽物の仮面に過ぎないというのは、何も三島由紀夫に限った話ではなく、この地上に生きるあらゆる人間に課せられた宿命ということになるだろう。

しかし、多くの者は自分が仮面を被っていることを忘れようとし、この試みに成功するようだ。それは、ひょっとすると自分が何者でもなく虚無であるという真実に向き合う恐怖から逃れるためかもしれない。だが、三島は自分が演技をしているということを、生涯を通じて決して忘れなかったように見える。

人生は舞台のやうなものであるとは誰しもいふ。しかし私のやうに、少年期のをはりごろから、人生といふものは舞台だといふ意識にとらはれつづけた人間が数多くゐるとは思はれない。

三島は『仮面の告白』において右のように述べている。私はこれを三島の異質性を示すものとしてではなく、私たちの多くが見て見ぬ振りをする真実、すなわち自分は無であるという真実から目を逸らすことのなかった人の言葉として受け止めたいと思う。三島は非常に早い段階から、レインの寓話が語る真実について、鋭く意識していたのではないだろうか。

そうだとすれば、三島の生涯を辿り、その生き方と死に方を見てゆくことは、人間に課せられた宿命について根底から考えることに通じるはずである。三島はどのような仮面をどのようにして被り、また脱ぎ捨てたのか。この問いに答えることは、人間の生と死の意味を考えるのと同じことだ。

先にも述べた通り、三島由紀夫が被った仮面は、いずれも高い完成度を示し、すなわち彼は余人に為《な》しえぬ数多くの業績を残した。その意味で、三島の仮面はたいへん豊かなものだが、仮面について考えることを入口として、私たちは生死の深い意味についての考察に導かれるだろうという点においても、三島の仮面は豊饒な可能性を秘めていると思う。本書を「豊饒なる仮面」と題したのは、このことに由来する。もっとも、こういう問いを追究してゆくと、人は逆に、見ずに済ませられるならそうしたいような真実から問いかけられ、答を厳しく迫られるかもしれない。そこには軽々しく行うべきではない危険が伴うかもしれない。しかし、たとえそうだとしても、私はこれから、このパンドラの箱を開けてみたいと思うのである。

最後に一言付け加えておきたいが、本書で引用する三島由紀夫の文章や年譜的事項、書誌的事項は、新潮社刊『決定版三島由紀夫全集』（全42巻＋補巻＋別巻、平12・11〜平18・4）に依拠することを原則としている。もちろん私は、本書を読むだけで主要な三島作品の荒筋や特徴が充分に伝わるようにと心がけて執筆するつもりだが、もしもこの本がきっかけとなって、さらに深い興味を抱かれる方がいたら、ぜひ三島由紀夫の著作に直接触れて欲しいと願っている。

第一章　仮面の誕生

昭和零年

三島由紀夫、本名平岡公威《きみたけ》は、大正十四年（一九二五）一月十四日、東京の四谷に生まれた。翌年十二月に年号が昭和に改められたので、彼の満年齢は昭和の年数と一致する。一九二五年を昭和零年と名づけた桐山桂一は、零年生まれの人たちに行ったインタビューを一冊の本にまとめたが（『昭和零年』講談社現代新書、平17・8。語り手は梅原猛、色川大吉、丸谷才一、江崎玲於奈など三十名）、存命であれば三島の談話も、ここに収録されていたに違いない。だが、昭和四十五年十一月二十五日、三島は新宿区市谷《いちがや》の陸上自衛隊東部方面総監部で自決したため、それは叶《かな》わなかった。

年齢と昭和の年数が一致していることは、三島が昭和を代表する作家の一人であることを象徴しているが、象徴といえば、彼が生まれ育ち、生活した場所もあることを象徴している。三島生誕の地は、東京市四谷区永住町二番地（現・新宿区四谷四―二二）の借家だが、八歳で信濃町、十二歳には松濤《しょうとう》に転居、二十五歳の時に目黒区緑が丘に持ち家を購入して引っ越している。つまり、三島は東京都内の数キロ半径の限られた範囲を点々としているのであり（付け加えれば、自死した市谷も出生の地から二キロも離れていない）、その生活環境は、大田区馬込にビクトリア朝風コロニアル様式と呼ばれる新居を構えた三十四歳以降は別としても、東京の山の手の中流家庭のイメージを象徴しているのだ。これは、自《みずか》らを三島と同じ階層と考える立場から評伝『三島由紀夫伝説』を書いた奥野健男が指摘していることである。

要するに三島は、地方の名家の出でも東京の下町の出身でもなく、昭和の都会っ子とでも呼ぶべき子どもとして育ったのである。そんな彼の成長に、大きな影響を与えた人物がいる。生後間もない三島を、自分が育てなければ病気に罹《かか》ったり怪我をしたりする危険があるという理由で母・倭文重《しずえ》から奪い取って独占し、自室で育てた祖母の夏子である。

祖母と祖父

夏子は明治九年生まれで、三島が生まれた時は四十八歳。気位が高く意志の強い女性だったが、坐骨神経痛を病んでいた。『仮面の告白』には、「彼女は狷介《けんかい》不屈な、或る狂ほしい詩的な魂だつた」とある。ここで夏子の家系を振り返っておこう。

父方の祖父・永井尚志《なおゆき》（「なおむね」とも読む）は、三河国奥殿《おくとの》藩主松平乗尹の側室の子だが、旗本永井家の養子となった。ちなみに永井家は永井荷風と遠類である。尚志は勘定奉行、外国奉行、京都町奉行、若年寄などを歴任。その間、将軍徳川慶喜を補佐して大政奉還の上表文を起草したが、鳥羽伏見の戦いで敗れ榎本武揚とともに北海道に赴いて新政府に抵抗した。敗北して東京で入獄するが、赦免後新政府から元老院権大書記官などに任じられている。夏子の父・岩之丞は養子で大審院判事を務めた。大審院は明治憲法下の最高の司法裁判所で、現在の最高裁判所にあたる。

母方の祖父・松平頼位《よりたか》は水戸徳川家の支藩・宍戸《ししど》藩藩主。長男の頼徳《よりのり》が第九代藩主として後を継ぐが、水戸藩で尊王攘夷の天狗党が挙兵すると頼徳は鎮圧に失敗し、幕府より責任を追及され切腹した。夏子の母・高《たか》は、頼位の側室の子である。

こう書くと、夏子の背後に幕末から明治にかけての歴史の重みが感じられるが、彼女は有栖川宮熾仁《たるひと》の屋敷に行儀見習に預けられた後、明治二十六年、平岡定太郎のもとに嫁ぐ。三島の祖父・定太郎はこの時三十歳、夏子は十七歳であった。

定太郎の故郷は、兵庫県印南《いんなみ》郡志方《しかた》村で、地主兼農家の出身。先祖の菩提寺・真福寺の過去帳によると、代々「しおや（塩屋）」という屋号を持っていたという。定太郎は上京後、二十九歳で帝国大学（後の東京帝国大学）を卒業し、十三歳年下の夏子と結婚する。その後、内務省の有能な官僚として頭角を現わし、政友会の原敬の後ろ盾を得て大阪府内務部長から福島県知事に抜擢され、明治四十一年には樺太庁長官に就任した。しかし、大正三年に漁業資金などに関わる疑獄事件により失脚する。『仮面の告白』には、このことについて、次のように記されている。

震災の翌々年に私は生れた。

その十年まへ、祖父が植民地の長官時代に起つた疑獄事件で、部下の罪を引受けて職を退いてから（私は美辞麗句を弄してゐるのではない。祖父がもつてゐたやうな、人間に対する愚かな信頼の完璧さは、私の半生でも他に比べられるものを見なかつた。）私の家は殆ど鼻歌まじりと言ひたいほどの気楽な速度で、傾斜の上を辷《すべ》りだした。莫大な借財、差押、家屋敷の売却、それから窮迫が加はるにつれ暗い衝動のやうにますますもえさかる病的な虚栄。

こう見てくると、先述のように、なるほど三島家（平岡家）は東京の山の手の中流家庭のイメージを象徴しているのであろうが、その内実は極めて不安定なものだったことがわかる。定太郎の経歴を詳しく調べた猪瀬直樹の『ペルソナ　三島由紀夫伝』によれば、その後も定太郎は、政友会の資金集めのためとされる阿片密輸事件（大正八年）のスキャンダルに巻き込まれそうになり、この時は表沙汰にならずにすんだが、昭和九年五月には、書《しょ》を明治天皇の御宸筆《しんぴつ》と偽った事件で逮捕されている。三島由紀夫が九歳の時で、新聞にも定太郎の写真入りで「平岡元樺太長官　偽の御宸筆で詐欺」と大きく扱われた。証拠薄弱により二ヶ月後に不起訴となったものの、家族にとって、これは只事《ただごと》ではなかったであろう。つまり、定太郎と夏子は、地方から上京し出世街道の途上で挫折した果てに不名誉な事件まで起した元官僚と、旧幕臣の家系に連なり気位の高い女性という男女の夫婦なのであり、そこに感情的な縺《もつ》れや痼《しこり》があったことも容易に想像できるのである。このような背景を頭に入れれば、なぜ夏子が初孫の公威を独占し、失われた夢やプライドを託そうとするかのように自分の愛情のすべてを注いだのか、その心理の一端が理解できるであろう。

祖母と母

だが、孫を独占すれば、当然のことながら三島の母・倭文重との間に摩擦が生じることになる。定太郎と夏子の一人息子である梓《あずさ》は、やはり東京帝国大学を卒業し農商務省（後の農林省）に入省、大正十三年には、漢学者の家系で開成中学校校長・橋健三の次女・倭文重と結婚した。この時、梓は二十九歳、倭文重は十九歳で、翌十四年に公威が生まれる。しかし、公威は非常に病弱で、体内に中毒物質が溜まる自家中毒という病気に罹《かか》り仮死状態に陥ったこともあった。

昭和四年一月のことである。この時は一命を取り留めたが、以後数年間、自家中毒は三島の持病となった。ところが、夏子の方針により、倭文重はわが子と対面する時間まで、厳しく制限されていたのである。

三島の死後、倭文重は自分の古い手記を公開したが（「暴流《ぼる》のごとく」、「新潮」昭51・12）、たとえば昭和三年八月の項には次のようにある。

朝起き、身仕度をしていると可愛い坊やの声が聞えてくる。一刻も早く顔を見たいが、呼んだら一大事だからじっと我慢している。仕方なく寝室の次の間のしめられた襖の前にじっと待っている。一時間がすぎた。とうとう待ち切れずに、唐紙をそっと指一本の隙間をあけてのぞいた。目ざとく見つけた坊やは、「あっお母様だ」と大声を出した。その瞬間、しんとした部屋の中から不気味な間隔を置いて、やっぱり心配していた通りの事が起きたのだ。

「そんなにお母様がいいなら、さあ早くお行き。さあそっちへお行き。折角楽しく二人で話をしているのにねえ、もう来ないでいい。早く早くお行き」このねえが、なんとも凄味のある独得の節廻しで私の耳をつんざいた。ああやっぱり、もう一寸《ちよつと》我慢すればよかったのにと後悔したが、もはやおそい。

三島自身も、この頃のことを『仮面の告白』で次のように述べている。

祖母が私の病弱をいたはるために、また、私がわるい事をおぼえないやうにとの顧慮から、近所の男の子たちと遊ぶことを禁じたので、私の遊び相手は女中や看護婦を除けば、祖母が近所の女の子のうちから私のために選んでくれた三人の女の子だけだつた。ちよつとした騒音、戸のはげしい開け閉《た》て、おもちやの喇叭、角力《すまふ》、あらゆる際立つた音や響きは、祖母の右膝の神経痛に障《さは》るので、私たちの遊びは女の子が普通にする以上に物静かなものでなければならなかつた。

この生育環境は普通ではない。極めて歪んでいると言わざるをえない。三島の自家中毒も、この精神的ストレスのせいではないかと疑いたくなるが、三島はその後も夏子と生活をともにし、昭和十二年四月に松濤に転居した際に、はじめて夏子とは別の家で両親、妹の美津子、弟の千之《ちゆき》とともに暮らすようになったのである。

しかし、こんな不自然な環境にありながら、三島は自分の心の置き場所を自分で見つけ出していたようにも思える。三島は後年の自伝的小篇「椅子」（「別冊文芸春秋」昭26・3）の中で、「朝から午後まで、うす暗い八畳の祖母の病室にとぢこめられて、きちんと坐つて、一心に絵を画いてゐるこの子供。それをじつと見てゐなければならない若い母親が私だ。思ひきり駈け出したいだらう。大きい声で歌も歌ひたいだらう。さう思ふとこつちの手足がむずむずして来る」などと、倭文重の手記を数箇所にわたって紹介しているが、同じ作中で母の考えを次のように否定しているのだ。

母のさまざまな感情移入には誤算があつた。私は外へ出て遊びたかつたり乱暴を働らきたかつたりするのを我慢しながら、病人の枕許に音も立てずに坐つてゐたのではない。私はさうしてゐるのが好きだつたのだ。（中略）祖母の病的な絶望的な執拗な愛情が満更でもなかつたのだ。

右の言葉に従うなら、三島は戸外で遊ぶより絵を描いたり、あるいは本を読み夢想の世界に遊ぶことに、喜びを見出していた。短篇小説「岬にての物語」（「群像」昭21・11）の冒頭に、「幼年期から少年期にかけての私は、夢想のために永の一日を費すことをも惜しまぬやうな性《た》質《ち》であつた」とあるが、それはまさに、幼い三島の生活そのものだったのである。そうだとすれば、彼は彼なりに、早くも自分の世界を自分で生み出していたと言えるであろう。だが、一歩踏み込んで考えるなら、祖母の溺愛の下で夢想に耽る病弱な子どもという存在こそ、祖父母や父母ら大人たちの感情の軋轢《あつれき》や深刻な精神的圧迫の中にあって生き抜くために三島が被った、最初の仮面だったと言えるかもしれない。

第二章　セバスチャンと洗礼者ヨハネ

紙上映画

昭和六年四月、三島は四谷にある学習院初等科に入学した。学習院の生徒には平民も少なくなかったが、一般には皇族、華族の子弟の学校というイメージが非常に強い。そのような学校に、平民である平岡家の子どもが入学したのは、自尊心の強い祖母・夏子の意向に従ったためだという。だが、体の弱い三島は病欠も多く、たとえば一年生のときは、授業日数二一三のうち欠席日数四〇であった。学業成績も中程度で、特に目立つものではなかった。

しかし、母・倭文重にとっては大きな喜びがあった。依然として三島の生活リズムの中心は夏子だったが、倭文重は三島の登校に同伴し、下校後には夏子の枕許という限定された空間においてではあったが、わが子の勉強をみたのである。三島没後の両親による回想『伜・三島由紀夫』において、倭文重は次のように述べている。

学習院の初等科に入ってからは、私が毎日天下晴れて手を引いて学校に参りました。その時は、四谷駅前の公園で二人でドングリを拾ったり歌を歌ったり、本当にこんな涙の出るほど楽しい一ッときはありませんでした。

明治三十八年生まれの倭文重は、竹久夢二に代表される大正ロマンの抒情的な文化環境の中で文学少女として育った。ところが、嫁ぎ先の平岡家では夏子の理不尽な圧迫を受け、文学に理解のない官僚の夫・梓に頼ることもできず、息子とのつかの間の逢瀬だけが唯一の心の支えのようだった。そこに、失われた少女時代の夢のすべてを託そうとしたとも言えるであろう。

すると、夏子の病室で絵を描いたり本を読んだりしていた三島は、文学少女だった母の期待に応えるような詩や文章を書くようになった。それらの資料は山梨県山中湖村の三島由紀夫文学館に収められ、主要なものは『決定版三島由紀夫全集』に収録されている。その中から一例を挙げてみよう。

十歳のときのノートに記された「世界の驚異」は、実在の映画会社であるメトロ・ゴールドウィン・メイヤー（ＭＧＭ）の映画作品を模した絵コンテもどきの紙上映画で、その舞台は海の彼方の極楽島である。三島は海や帆船、極楽島の花や鳥を描き、「胡蝶は花に舞ひ、小鳥は梢に歌ふ。楽しき島のうららなる春。今宵も唄ふ夜鳴鶯」などと書き添えている。だが島に秋が訪れる。すると、「すゝきのゆれるも物悲しき、むせびなくヴァイオリンの音のやうに、かなでゆく秋の調べ」という詩文とともに、淋しげな秋の風景画が描かれる。ところが、この後ストーリーは意外な展開をみせる。驚くべきことに、ノートの次頁には火の消えた蝋燭が描かれ、「やはり、美しい夢はつかめなかつた。あゝ果てゆく幻想。（中略）。らうそくの火はきえて了つた。そして目も《ママ》前は何もかもまつくらだ」と記されているのだ。そして最後に、ＭＧＭのトレードマークがライオンであるのを真似て、スフィンクスが描かれているのである。

　これは、子どもの遊び心の産物ではあるが、実に巧みに構成された作品である。ここには、「秋の日のヴィオロンのためいきの身にしみてひたぶるにうら悲し」の一節で名高いヴェルレーヌの「秋の歌（落葉）」の影響や、『マッチ売りの少女』などに見られる炎の中に現われる幻というプロットの反映を認めることができる。文学好きの母の影響で、三島はこれらの作品に既に親しんでいたのであろう。一方、ＭＧＭ映画を模しているのは、祖母の影響によるものかもしれない。というのも、これまで述べてきた性格とは一見《いっけん》食い違うようだが、夏子は実はたいへんな洋画好きで、三島もその影響で早くから度々《たびたび》映画館に足を運んでいたからである。

　しかし三島は、単に先行諸作を模倣するのではなく、これらの着想を巧みに操って独自の世界を作り上げている。特に、あえて火の消えた蝋燭を描き、それまでのストーリーを全否定してしまうエンディングは衝撃的だ。それは母の抒情的な心性を裏切る内容とも言え、不気味ささえ感じさせる。

どうやら三島の内面には、何か虚無的なものが潜んでいるらしい。しかし、表面的には祖母の望みにも母の期待にも叶《かな》うような、少年芸術家の面差《おもざ》しを身につけ始めたのである。

処女詩の掲載

昭和十二年、三島は目白の学習院中等科に進学する。これは日中戦争開始の年であり、前年には二・二六事件が起こるなど昭和史の激動が既に始まっていたが、三島の個人史の上でも特筆すべき年であった。四月、三島は夏子を信濃町に残して両親妹弟とともに松濤で暮らすようになる。三島の文学好きを快く思っていなかった父・梓が十月頃から昭和十六年まで大阪に単身赴任したこともあり、三島ははじめて母との濃密な時間を体験することになった。また、中等科の国語教員岩田九郎に作文の才能が認められたことも、三島にとって大きな意味を持っていた。というのも、初等科時代の主管（クラス担任）は、現実の生活体験に基づく文章を良しとする立場から生徒を指導したため、三島の作文を空想過多と見なして高く評価しなかったからである。

教員に認められて自信を得たためか、三島の学業成績は上昇した。また、私的に書き溜めていた作品の中から特に気に入ったものを選び推敲して、学習院中等科高等科の校内誌である「輔仁会雑誌」に投稿するようになった。同誌の一五九号（昭12・7）には、既に「初等科時代の思ひ出」という三島の短文が掲載されているが、これは教員が学校の課題の中から他の数名の生徒の作文とともに推薦したものなので、次号（昭12・12）掲載の詩五篇が、三島自身によって「輔仁会雑誌」に投稿されたものとしては処女作になる。そのうちの一つを引用しよう。

寂秋

不思議な淋しさの立こめる
谷間から、
炭焼く煙が昇つて来る。
煙どもは、
広大な虚空の片隅に、
葬り去られるのを知らず、
碧い絵絹を慕つて這ひ昇つてくる。

足に怪我した犬が、

びつこを引き〱径《こみち》を歩いて行く。
猫の喰べ残した鼠は、
湿つた枯葉の山にある、

其の上に、
枯葉の落ち合ふ音は、
——灰いろの挽歌のやうだ。

嵐の兆《しらせ》か、
山の間《はざま》から、
黒い、巨人の様な雲が立ち上る。

（一二・一〇・一〇）

当時高等科三年で輔仁会文芸部員だった坊城俊民は、三島の投稿詩を読んで感銘を受けたことを回想しているが（『焔の幻影』）、「寂秋」も十二歳の少年らしからぬ秀作と言ってよい。全体に陰鬱な気配に塗り込められているが決して単調ではなく、谷間と空との垂直の対比、巨大な雲と鼠や枯葉との遠近、大小の対比、また動いている煙や雲と死んだ鼠との静と動の対比を組み合わせて、時間的にも空間的にも奥行きを与えている点が巧みである。「碧い絵絹」から「怪我した犬」へのイメージの飛躍も鮮やかだ。

もちろん「寂秋」においても、詩想に暗示を与えたと推測される先行作がある。たとえば、犬や鼠の病的で不気味な形象が用いられているのは萩原朔太郎の影響であろう（「見しらぬ犬」「地面の底の病気の顔」など）。ただし、朔太郎詩に比べると、「寂秋」では犬→猫→鼠と続くイメージの展開が速過ぎて重量感に欠け、これは見方によっては致命的な難点である。なぜなら、思いつきのイメージをただ羅列しているようにも見えるからだ。だが、十二歳の少年の作品をそのように批判するのは酷であろう。実際、三島詩をこのように分析して批判するものは、当時三島の周辺には一人もいなかった。こうして三島は、その後昭和十六年頃まで、実に数多くの詩を作り続けるのである。

三島を選んだ神

もっとも、後年の三島自身の言い方に従うなら、それは「自分を詩人だと信じ、人も半ばさう信じてゐた自他の誤解乃至《ないし》錯覚」（『私の遍歴時代』講談社、昭39・4）に他ならなかった。だが、詩人であるという夢から醒め、三島が詩作から離れる経緯については次章で述べることにしたい。昭和十二年頃の三島にとっては、見逃すことができない出来事が、他にも二つあった。ここではこのことについて記さなければならない。

一つは、正確な時期は不明だが、梓が大阪に赴任した昭和十二年十月以降であろう。三島は、十二年三月にヨーロッパに出かけた梓がイタリアから持ち帰った画集を一人で眺めていた。そして、生涯にわたって大きな影響を受ける一つの絵と出会う。それは三世紀ローマのキリスト者セバスチャンの殉教図であった。『仮面の告白』には、二本の矢で射られたセバスチャンの裸体像を見た瞬間のことが、次のように記されている。

私は残り少なの或る頁を左へひらいた。するとその一角から、私のために、そこで待ちかまへてゐたとしか思はれない一つの画像が現はれた。

それはゼノアのパラッツォ・ロッソに所蔵されてゐるグイド・レーニの「聖《サン》セバスチャン」であつた。

（中略）

私の血液は奔騰し、私の器官は憤怒の色をたたへた。この巨大な・張り裂けるばかりになつた私の一部は、今までになく激しく私の行使を待つて、私の無知をなじり、憤ろしく息づいてゐた。私の手はしらずしらず、誰にも教へられぬ動きをはじめた。私の内部から暗い輝やかしいものの足早に攻め昇つて来る気配が感じられた。と思ふ間《ま》に、それはめくるめく酩酊を伴つて迸《ほとばし》つた。……

これは言うまでもなくはじめての自慰の描写である。そして、当時の三島にはもう一つ重要な経験があった。これも正確な時期は不明だが、オスカー・ワイルドの『サロメ』との出会いである。『聖書』における洗礼者ヨハネの斬首の話を、ヨハネを愛し、その首に口づけするサロメの狂的な恋の物語として描いたこの戯曲について、三島はこう語っている。

　十一、二歳のころであらうか、本屋で、岩波文庫のワイルドの「サロメ」を見た。ビアズレエの挿絵がいたく私を魅した。家へかへつて読んで、雷に搏たれたやうに感じた。（中略）悪は野放しにされ、官能と美は解放され、教訓臭はどこにもなかつたのである。

（「ラディゲに憑《つ》かれて—私の読書遍歴」、「日本読書新聞」昭31・2・20）

セバスチャンと洗礼者ヨハネとの出会い。それは、当時の三島にとって、自分でもわけのわからぬ衝動としか名づけようのないものが、はじめて具体的な行為とイメージに結びついた瞬間である。暴力的な性衝動の神が三島を選んだ瞬間と言ってもよい。もっとも、本当の意味でその結びつきが完成するには、これが言葉として表現された『仮面の告白』の完成を待たねばならず、それはさらに後年の三島本人による「サロメ」演出（第十四章参照）を経て、自死にまで一直線に繫《つな》がっているのだが、その原点となる出来事が一人の少年を襲ったのだ。

それは、母の求める抒情詩という器には到底盛り込めないような強烈な体験であった。この体験のあり方を理解するためには、本書のプロローグで述べた容れ物の喩えを裏返すとよいかもしれない。気圧の低い容器は内側に壊れるが、気圧の高過ぎる容器は外側に壊れてしまう。その形態を維持するためには、どちらの場合にも工夫が必要だ。幼年期を過ぎた三島の内部には、わけのわからぬ強い衝動が生じ、外に溢れ出ようとしていた。その時、セバスチャンと洗礼者ヨハネの絵と物語は、エネルギーを解放し、かつ形態を守る特殊な壁の役割を果したと言えるであろう。

なお、『サロメ』の著者であるワイルドも、自《みずか》ら「セバスチャン」と名乗り、パラッツォ・ロッソのセバスチャン像を愛していたのは面白い符合である。このエピソードも含め三島とセバスチャンとの関わりについては、三島由紀夫文学館の公開トーク「三島由紀夫の愛した美術――セバスチャンから浮世絵まで」（平18・11・5）で議論され、その内容は同館ホームページ http://www.mishimayukio.jp/ で多数の画像とともに紹介されているので参照されたい。

第三章　詩を書く少年

魔の館

昭和十三年、三島は中等科二年に進学した。この年、三島の文学上の最初の師である清水文雄が国語教師として学習院に赴任する。だが、三島にとって清水の存在が大きな意味を持ち始めるのは昭和十六年頃からであり、それ以前に三島の心を占めていたのは、第一にセバスチャンや洗礼者ヨハネ、第二に詩作だった（この時点では、詩という表現形式と自分との間に深刻な隔たりがあることを、三島はまだ自覚していない。なお、ラディゲの存在も次第に大きな意味を持つようになるが、これについては次章で述べる）。

このうち前者に関しては、三島はワイルドの『サロメ』に伍する作品を自《みずか》ら生み出そうと、力を傾けるようになる。「輔仁会雑誌」一六三号（昭14・3）掲載の戯曲「東の博士たち」や、その母体となった草稿「路程」および続篇の試作「基督降誕記」（いずれも未発表）がそうであり、同誌一六二号（昭13・7）号掲載の短篇小説「暁鐘聖歌」（三島本人は「散文詩」と名づけている）も、これに類する作品である。いずれも聖書に材を得ている点では『サロメ』と同様だが、ワイルドがこれを狂的な恋のドラマとして描いたのに対し、三島はイエスの誕生を恐れ憎む魔王や王、あるいはサタンに深く感情移入することによって、孤独と恐怖のドラマを生み出している。そこには、前章で述べた「世界の驚異」や「寂秋」に通じる不気味さもあり、自分でもどうしてよいかわからない何かに迫られて創作に向かう少年の姿が窺われるようだ。

ついで三島は、「輔仁会雑誌」一六四号（昭14・11）に、小説「館」を掲載することになる。「館」は欧州のある公爵に仕える扈従《こしょう》が、人に請われて主君について語るという体裁の小説だが、その公爵は「今様ねろ」と呼ばれ、扈従に向かって、「わしはおのれのこの手で、とぎすましたするどい刃を握《にぎり》、相手に近付、わしの手がなまあたゝかい血潮でぬれそぼるのを見たいのだ」と語るような残虐な人物である。ある晩、扈従は公爵自ら手を下す犠牲者の目前で柱に縛りつけられ、自分も処刑されるものと覚悟する。ところが、その時彼に恐ろしい快楽が訪れ、「てまへは懸命にそれから（犠牲者から―引用者注）目を移さうといたしながらも、不図みてしまひましたり、すさまじいにほひをかいだりいたしましたりしておりますうちに、いきがだんだんにはやうなつてくる」。結局扈従は助けられるが、公爵の行為は止まらず、謀反に関わった女を「王妃の椅子」の上で刺殺したところで扈従の語りは終わる。

十四歳の少年がこのような小説を書き、それが校内誌に掲載されているというのは、驚くべきことである。長い間三島を呪縛してきた祖母・夏子は十四年一月に潰瘍出血のため死去したが、そのことによって、一種の心理的な箍《たが》が外れたという事情も、ここに関わっているかもしれない。そして、三島はさらに「館」の続篇を執筆した。

それによれば、心密《ひそ》かに謀反を待ち望むようになった公爵は、絵師たちに淫らで残虐かつ美しい絵を描かせ、さらに赤一面に塗り潰された大広間での宴会を企画する。しかし、扈従は公爵の心の空白を見抜き、うら寂しく気の毒なことだと思うのである。だが、宴会の場面は書き残されていない。話の流れからすると、謀反により大広間が血みどろの場と化すものと予想されるが、これを三島は書けなかったのか、あるいは書いたものの反故として破り捨てたのか、ともかく「館」は未完に終わった。

この「館」の続篇草稿は、未発表のまま三島家に残されていたが、現在では『決定版三島由紀夫全集15』に収録されている。これを読んで感じるのは、少年の心が抱えるには重過ぎる何ものかが、表現されることを待ちきれずに噴出していることである。いや、少年の心と限定すべきではないかもしれない。それは、いかなる人間にとっても持ちこたえ難いような存在の危機であり、三島は何とかしてその危機を小説世界に封じ込めようとしたと思われるのだ。

だが「館」は未完に終わった。ということは、危機が小説の外に氾濫し、三島を収拾のつかぬ混乱に陥れることになるのではないだろうか。

川路柳虹

けれども三島は、精神の平衡を保つことができた。その第一の理由は、彼が毎日のように詩を書き続け、「輔仁会雑誌」を通じて知り合った学習院の先輩仲間も、これを高く評価したということである。後年の講演で文学的出発期を回顧した三島は、「私は（中略）自分が一番心配だ。これはどうなるだろう、自分という人間は。放っといたらバラバラに壊れちゃう。何とか観念世界に自分というものを維持しなければ自分がバラバラになっちゃうという危険を感じた」（於早稲田大学、昭43・10・3）と語っているが、この「観念世界」の役割を「詩」が果たしたと言えよう。本書のプロローグで、四つの椅子に座る子供の寓話を紹介したが、三島は今、「少年詩人」という椅子に腰を据え、詩人という仮面を素顔に変えようとしたと考えることもできる。なお、精神の平衡を保つことができた第二の理由として、三島がラディゲの小説を手本にして、自らの小説の方法論を生み出そうと模索していたことも指摘しなければならないが、既述のように、これについては次章で述べる。

当時の代表作として、「輔仁会雑誌」一六五号（昭15・3）掲載詩の中から二篇を読んでみよう。

明るい樫

青い杯と物憂いほゝゑみ
あなたの睫《まつげ》　あなたの瞼
銀粉をふりかけたつれない眠り。
うづもれた宝石のまたゝき
そして笑ひ声を立てながら
走つてゆく帆船
あゝ海よ、オレンヂ色の夏雲よ。

時あつて毛虫たちは、
桜の葉をレェスに変へる。

さて、わたしのこの小石は
明るい樫をこえてゆき、
海をみに行く。
（一四・七・二四）

不信

かくも透《す》明きたる硝子さへ、
その切口は青いのだ
ましてや君の双の目《まみ》
あまたの恋も蔵《かく》せよう。
（一五・一・二六）

いずれも、イメージの自由や飛躍や機知に溢れる巧みな作品である。学内の評価も高く、勢いを得た三島は、父・梓の知人の紹介により、詩人の川路柳虹（明21〜昭34）に師事するようになった。川路は口語自由詩の先駆者として「塵溜《はきだめ》」（後に「塵塚」と改題）を発表し、その後も知的な詩精神を発揮して活躍した人物である。三島が訪れた頃は弟子の離反などにより詩壇の中心を離れていたが、気さくな態度で三島を迎え、その作品を丁寧に添削した。

ところが、このことがかえって、詩人であるという夢から三島を目覚めさせ、詩作を離れるきっかけを生むことになる。三島は当時親しく交際した学習院の先輩・東健《たかし》（文彦）宛書簡（昭16・1・14）において、「全く私の詩はへんに、言葉の問題に苦しんだり、抒情といふことを強《きつ》く考へたりしてから駄目になつたと自分でも思つてをります。（中略）本当のところ、そろそろ詩が書けなくなるのでせう」と述べている。後年の三島の回想によれば、川路は「繊細な感受性といふ美名の下に末梢神経の遊戯に終るならそれは詩ではない」（「師弟」、「青年」昭23・4）と説き、これに対して、三島は「いろいろと自分の詩境をかへようと思つたが、私の中には、ほんたうにオリジナルな詩人の魂が住んでゐなかつた」（「母を語る―私の最上の読者」、「婦人生活」昭33・10）という。『私の遍歴時代』においても、『仮面の告白』執筆後の心境を振返って、「少年時代にあれほど私をうきうきさせ、そのあとではあれほど私を苦しめてきた詩は、実はニセモノの詩で、抒情の悪酔だつたこともわかつて来た」と述べている。

ニセモノの詩

いったい、何が問題だったのだろう。先に「寂秋」に関して触れた欠点が、今度は見逃し難い難点として浮かび上がってきたのだ。「明るい樫」と「不信」に即して言えば、確かにこれは秀作だが、これをたとえば佐藤春夫の詩「少年の日」と読み比べると、三島詩の着想の一端が、「少年の日」の「3」の詩句（「君が瞳はつぶらにて／君が心は知りがたし。／君をはなれて唯《ただ》ひとり／月夜《つきよ》の海に石を投ぐ」）の表現とイメージを巧みに変形し組み合わせるところに芽生えていることがわかるだろう。しかし、その過程で「少年の日」が持っていた詩的必然性は全く失われてしまう。ちなみに、詩的必然性とは、状況を超克（反転）するために、どうしてもその詩語が必要とされるという必然性のことである。「少年の日」は思うにまかせぬ淡い恋を感傷的に詠《うた》ったものだが、谷崎潤一郎夫人をめぐる恋愛の縺《もつ》れと苦悩の只中《ただなか》にあってまとめられた『殉情詩集』（新潮社、大10・7）に収録され、佐藤が陥った状況の悲惨さや醜悪さを相対化し、これを昇華するために不可欠な一契機となっている。しかし、そのような詩語の力は三島詩には認められないのだ。

これは一例だが、東健宛書簡（昭16・1・21）で自《みずか》ら告白しているように、結局のところ三島詩は「皆模倣か、類型的感覚が土台」なのであり、秀作と見えるものも、その実、表面的なイメージの遊戯に過ぎなかったのではないかという疑問に、三島は向き合わざるをえなくなってきたのである。

もちろん、三島にも現に直面している深刻な状況があった。それは、わけのわからぬ強い衝動が内面に充満し、「自分がバラバラになっちゃうという危険」に晒《さら》されているという状況である。そうした事態と深い関わりを持つ詩も皆無ではない。「明るい樫」「不信」などとともに自作のノート「公威詩集Ⅱ」に記載された「凶《まが》ごと」が、それである。

わたくしは夕な夕な
窓に立ち椿事を待つた、
凶変のだう悪な砂塵が
夜の虹のやうに町並の
むかうからおしよせてくるのを。

枯木かれ木の
海綿めいた

乾きの間《あひ》には
薔薇輝石色に
夕空がうかんできた……

濃沃度丁幾《のうヨードチンキ》を混ぜたる、
夕焼の凶ごとの色みれば
わが胸は支那繻子《じゅす》の扉を閉ざし
空には悲惨きはまる
黒奴たちあらはれきて
夜もすがら争《いさか》ひ合ひ
星の血を滴《したた》らしつゝ
夜の犇《ひしめ》きで閨《ねや》にひゞいた。

わたしは凶ごとを待つてゐる
吉報は凶報だつた

けふも轢死人《れきし》の額《ぬか》は黒く
　わが血はどす赤く凍結した……。

（二五・一・一五）

この詩は『三島由紀夫選集1』（新潮社、昭32・11）の巻頭ではじめて公表され、江藤淳が「三島由紀夫氏の主調音がかくされている」（「三島由紀夫の家」、「群像」昭36・6）と指摘したことから広く知られるようになった。ここには、抑え難い暴力衝動が投影されている。その実「わたくし」は「窓」の手前に佇《たたず》んでいるだけで、胸の扉は閉ざされており、血も凍結している。つまり、「わたくし」は現実には何一つ行動していないのであって、その意味では虚ろである。このように考えるなら、この詩は、先述の容れ物の喩えに即して言えば、気圧の低過ぎること（虚ろであり、虚無であること）と、気圧の高過ぎること（激しい暴力衝動があること）という、一見対立するように見える事態が、実は同じ事態の別の側面であるという三島の存在のあり方をよく示すものだと言えるだろう。

ところが、三島の関心は、そのような状況を見据えて、これを超克（反転）することには向かっていない。そうではなく、難しげな語彙を用いたイメージの遊戯に魅惑されてしまっている。少年時代を回顧した小説「詩を書く少年」（「文学界」昭29・8）には、「少年が恍惚となると、いつも目の前に比喩的な世界が現出した。毛虫たちは桜の葉をレエスに変へ、擲《なげう》たれた小石は、明るい樫をこえて、海を見に行つた。クレーンは曇り日の海の皺くちやなシーツを引つかきまはして、その下に溺死者を探してゐた。（中略）夕焼は兇兆であり、濃沃度丁幾の色をしてゐた」とあるが、ここでは「明るい樫」や「凶ごと」のイメージが並列的に扱われており、従ってこれらの詩は当時の三島にとって、ほぼ同じ心情（恍惚たる心境）から発想されていると考えられるのである。そうだとすれば、三島は自らの詩的必然性を摑《つか》み損ねていると言わざるをえないであろう。

結局のところ、詩は三島にとって相応《ふさわ》しい表現形式ではなかったのである。こうして三島は次第に詩作を離れることになる。では、真の詩人にとって詩とはいかなるものであるべきか。そして自分にとって詩とは何であるか。これらの問いは、その後も三島の脳裏に存在し続けるが、これについては、詩作を離れる経緯を登場人物に仮託して象徴的に描いた『近代能楽集』の「卒塔婆小町」や、同じ問題を回顧的に綴った自伝的短篇「詩を書く少年」について論じる際に、改めて取り上げることにしよう（第八、九章）。

第四章　三島由紀夫の誕生

ラディゲに憑《つ》かれて

三島と詩（あるいは「ニセモノの詩」）とが蜜月関係にあったのは昭和十五年のことであり、十六年には早くも両者の間に亀裂が生じていた。しかし三島は、詩作と並行してもう一つ別の道を探りつつあった。彼は自分に相応《ふさわ》しい小説の方法論を模索していたのである。「館」が未完に終わっても三島が精神の平衡を保つことができた第二の理由は、ここにあった。

三島に、もう一つ別の道を指し示した存在。それは早熟の天才レイモン・ラディゲ（フランスの小説家。一九〇三～一九二三）である。ラディゲは十六歳から十八歳までの間に、自身の恋愛体験から着想を得て、人妻と少年の不倫の恋を描く『肉体の悪魔』を執筆した。その後、『ドルジェル伯の舞踏会』では社交界を舞台とする三角関係の恋愛心理を書き上げたが、直後に腸チフスにより二十歳で死去する。

三島はこの『ドルジェル伯の舞踏会』について、「少年の私をはじめに惹きつけたものは

（中略）訳文の湛へてゐる独得の乾燥したエレガンス」であり、「十五歳ぐらゐで初読のときは、むつかしいところなど意味もわからずに魅せられ」（「一冊の本―ラディゲ『ドルヂェル伯の舞踏会』」、「朝日新聞」昭38・12・1）たと述べている。その訳文は堀口大学のものであった。しかし、やがてなぜ自分がラディゲの文学そのものに魅せられ、というよりラディゲを必要としているか、その根本的な理由を自覚するようになる。それについては、「わが魅せられたるもの」（「新女苑」昭31・4）というエッセイで、三島は次のように述べている。

少年期にわれわれが急に哲学的な本を読みたくなつたり、知的なものに憧がれを感じたりするのは、私にいはせればやはり一種の衝動なのであつて、ニキビの出盛りの少年が自分の中に衝動の不安と性の不安を感じることによつて、それを制御しかつ操る術を自得しなければ人生が破滅するであらうといふ恐怖を持つに至る、時期の目覚めだと思はれるのである。

（中略）

さて私にもさういふやうにして、自分の不安に対する闘ひとか、自分の不安を制御する知恵とかいふものに対する本能的な憧がれが湧いてきたのであるが、レイモン・ラディゲの小説はさういふものに実に完全に答へてくれたのである。つまり二十歳の少年がそんなにも自分の衝動を整理し、よけいなものを排除し、それほど平静に作品の抽象世界を築き上げてゐるといふ成功した一例は私にはまるで奇跡であり、驚きであり、一種の神秘であつた。つまり、少年時代にはいかに自分がむづかしい本を読み、知的な力を蓄へてもそれを追ひ越すものがあつて、それと追ひこすものとの闘ひがいつも破れさうになるといふ不安の中に繰り拡げられていくのであるがレイモン・ラディゲはそれと見事に闘つて、あたかも悪竜をねぢ伏せるやうに、自分の中に完全な秩序をつくり上げてゐたのである。

ラディゲは年少の作家でありながら、恋愛心理のメカニズムを冷徹に分析し描写しきった。その背景に作者自身の実体験が存在していようが（『肉体の悪魔』）、存在していなかろうが（『ドルジェル伯の舞踏会』）、三島の考えでは、このような作品世界を鮮やかに作り出すことができたラディゲは、彼自身の内面に関しても、これを見事に制御し秩序づける能力があるに違いなかった。そうだとすれば、「館」の創作に失敗し、「自分がバラバラになっちゃうという危険」に晒されている三島にとって、ラディゲはわが身を守るための模範的存在なのである。右の引用では、思春期の一般的な話題を語るかのような口調で回顧しているが、実際にはこれは当時の三島にとって切実な問題なのだった。こうして三島は、詩作する一方で、ラディゲの模作に取りかかることになる。

心のかゞやき・公園前・鳥瞰図

　最初期のラディゲの模作は「心のかゞやき」と「公園前」であり、これに続く「鳥瞰図」にも、ラディゲの影響を認めることができる。ただし、いずれも未発表に終わった草稿で、「心のかゞやき」は明らかに未完である。「公園前」と「鳥瞰図」は一応エンディングまでまとめられているが、完成にはほど遠い。「館」の続篇草稿と同じく、私たちはこれを『決定版三島由紀夫全集15』で読むことができる。

「心のかゞやき」は、昭和十四年秋から十五年三月にかけての執筆で、主要登場人物は、二十八歳の未亡人玲子、亡夫の知人の子息、亡夫の別の知人の子女、秋原子爵である。「公園前」は昭和十五年一月から三月にかけての執筆で、主要登場人物は、社長夫人、社長の友人玲二郎、社長に雇われたタイピスト素子、彼女の恋人の専門学校生である。両作とも、四人の大人の錯綜した恋愛心理を描こうとするもので、『肉体の悪魔』や『ドルジェル伯の舞踏会』では、男―女―女の夫の三人の関係が描かれるのに対抗して、四人の関係を描くことによってラディゲの上を行く恋愛小説を書こうとしたのであろう。また、「公園前」の前半は社長夫人の語り、後半は専門学校生の語りで、最後に付された素子の語りによってはじめて、彼女と玲二郎が交際していることが明かされ、それまでの個々のエピソードが互いに照応する。このように、三島は構成上の工夫に力を傾けている。

だが、結果としてはこの二作品は失敗に終わった。まだ恋愛体験がない三島に、ラディゲ以上の恋愛小説など書けるわけがないというのが、その一因だが、それ以上に問題なのは、ラディゲの場合には、「平静に作品の抽象世界を築き上げ」るために「自分の衝動を整理し、よけいなものを排除」しようとしたはずなのに、三島はそういうことよりも、登場人物数を増やしたり、奇を衒《てら》うような恋愛小説の構成に腐心するなど、表面的な事柄に関心を向けてしまっていることである。

やはり三島は、自らが直面している状況を、もっと正面から見据えた上で小説執筆を試みるべきであった。昭和十五年三月から七月にかけて執筆した「鳥瞰図」は、この点で一歩先に進んだ習作である。この小説でも扇山男爵夫人の不倫という大人の恋愛が扱われているが、実際には、父が満州に行ったため伯父の扇山家に預けられた少年陵太郎に主人公的な役割が与えられている。陵太郎は三島自身の実年齢に近いため、三島にとって内面を投影しやすい人物だと思われるが、彼はいわゆる神経衰弱的な人物として設定され、たとえばラジオから聞こえてきた音が幻聴であることに気づく瞬間の場面は、次のように書かれている。

そんな短かい時間であるにもかゝはらず、彼はあたりいちめんの、虚無のやうな、無限のやうな空間を、幻に見るのであつた。大袈裟にいへば、宇宙の亀裂からなかを覗きこんだやうな恐怖が、彼を撃ち、些細なことだ、と云ふやうな調子で、そのくせつよく突きとばした。ぞつとする……瞬間《つかのま》の感情の形容であるべきこの犀利な言葉が、息詰るやうに長く思はれるその時間のなかにひしめいてゐた。

三島は、「心のかゞやき」や「公園前」には登場することのなかったこのような人物を描くことにより、「自分がバラバラになっちゃうという危険」を対象化（相対化）し、これを整理、制御しようとしたのではないだろうか。少なくとも、陵太郎を主人公とする小説を巧みにまとめることができれば、それは三島にとって存在の危機を乗り越えるための支えになったに違いないと考えることができる。

だが、「鳥瞰図」もまた失敗に終わった。三島は、陵太郎と扇山夫妻との関係や、陵太郎自身の恋愛関係などを発展させることができず、結局小説は中途半端な状態のまま閉じられるのである。その一部は、改作され「彩絵硝子《だみえがらす》」と題されて「輔仁会雑誌」（昭15・11）に掲載されるが、三島自身が直面していた危機は、依然として解決することがなかった。

以上の考察から明らかなことは、詩作への傾倒やラディゲの模作が三島を救い導くかのように見えたのはほんの一瞬に過ぎず、昭和十六年初頭には、三島はどちらの方法にも行き詰まってしまったということに他ならない。

清水文雄

この時、三島にとって大きな意味を持ちはじめたのが、文学上の最初の師・清水文雄なのである。清水は昭和十三年に学習院に赴任した直後から、「輔仁会雑誌」所載の作品を通じて三島の才能に注目し、翌十四年には三島が在籍する中等科三年の国文法と作文の担当教師になった。だから二人の接触が始まるのは十六年より早いのだが、三島にはまだ清水を求めるだけの用意が整っていなかった。機が熟した時、清水が青雲寮（中等科三年生の希望者を収容する寄宿舎）の舎監になっていて、三島が望むときに舎監室で自由に面会できたことは幸運な偶然である。もっとも、清水の思想の中核に三島が求めているのと合致するものがなければ、師弟関係は成り立たなかったであろう。では、清水はどんな考えの持ち主だったのだろうか。

清水は明治三十六年生まれで、和泉式部をはじめとする平安文学の研究者である（〜平10・2・4）。昭和十三年七月には、蓮田善明らとともに雑誌「文芸文化」を創刊するなど、学習院外でも活動していた。「創刊の辞」（同人の池田勉による）によれば、同誌は「日本精神の声高く宣伝せらるるあれど」、「芸文の古典は可惜《あたら》、功利一片の具と化して、無法なる截断《せつだん》に任されれ」、「古典の権威は地に墜ちた」というより他ない現状に対抗して、「伝統をして自ら権威を以て語らしめ、我等はそれへの信頼を告白し、以て古典精神の指導に聴くべき」との趣旨で創刊されたものである。日中開戦から一年を経た時局の中で、あえて古典文芸の価値を重んじるこのような姿勢は、学習院における清水の授業にも、自ずと反映していた。

清水の考え方の特徴を、もう少し細かく見ておこう。清水は「学問の故里とは何であるか。それは虚心に（中略）作品を読むときおぼえた、胸のときめくやうなあの感動である」（「和泉式部日記の作者について」、「文芸文化」昭17・1）と言うが、清水自身の学問的実践の具体例を挙げるなら、たとえば「みやび」（「文芸文化」昭14・3）という文章では、「伊勢物語」第一段（元服したばかりの男が美しい姉妹を思慕し歌を詠む話）における男の初恋の心境が、「鬱結した思ひ」、あるいは「鬱情」として捉えられている。そして、男は古歌からの本歌取りによって歌を詠むことによって「鬱情」を表現することを「希求」し、「この思ひを相手の女に汲み取ってもらひたいと冀《こひねが》ふ」のだという。あるいは「更級日記」を論じた「憧憬の姿勢」（「文芸文化」昭14・12）では、都に多数あると言われる「物語」に憧れていた田舎育ちの少女がようやく上京した時、「京は少女の前に廃墟のやうな荒涼さで現前し」、「それは正に幻滅のみぢめさ」

であったことが強調されるが、だからこそかえって、「美しい『物語』の世界へのあこがれの思ひははげしく掻き立てられ」、『夢』を思ふ心情の切なさが、やがてのびやかに翼をひろげるのであった」とされる。恋心を鬱情と捉えることは決して珍しいことではない。『更級日記』で少女が辿り着いた京の自宅の様子が荒れ果てていたことも確かにその通りであった。しかし、清水の議論では、その点が特別に強調されているのである。

清水の文学観はより大きな広がりを持つが、当面の議論に必要な範囲で整理すると、まず、「鬱結」や「廃墟」という言葉で示されるような否定的《ネガティブ》な現況に直面している人物が、好んで取り上げられる傾向がある。そして、渦中の人物は「冀ふ」ことや『夢』を思ふ」という未来志向の姿勢（憧憬の姿勢）を取ることによって状況を改めようとするが、それは古くから伝わる和歌や物語に目を向けるという過去志向の姿勢と別のことではない。このような発想法は古典文学中の人物ばかりでなく、学者としての清水自身のものでもある。清水もまた現状を、「古典の権威は地に墜ちた」という不如意で否定的《ネガティブ》な状況と捉えるが、「伝統」や「故里」への回帰という過去志向を通じて、状況が改まることを求める未来志向の姿勢を取っているのである。つまり、古典文学中の人物も清水も、過去に赴くと同時に未来に期待をかけることによって、否定的《ネガティブ》な現況を超克しようとしているのだ。

清水は自らの世界観を、右のように整理して述べたことはないし、当時の三島が、これを明確に意識していたとも言えない。だが、私の考えでは、「心のかゞやき」から「鳥瞰図」へとラディゲの模作を続けながら、結果として小説創作の方法に行き詰ってしまった三島は、清水から刺激を受け、一種の啓示を受け取ったのではないかと思われる。つまり、三島自身が「自分がバラバラになっちゃうという危険」に襲われ、その対象化（相対化）や整理、制御に失敗しているという意味において否定的《ネガティブ》な状況にあったのだが、このような現実を超克するために、ひとまず過去志向と未来志向の姿勢を取るべきだということを、清水の世界観から学び取ったのではないだろうか。そして、その成果として生み出されたのが、「文芸文化」（昭16・9〜12）に四回にわたって連載された「花ざかりの森」なのではないだろうか。

この作品については次章で詳述するが、ここでは、この時誕生した「三島由紀夫」という筆名について述べておこう（今まで「三島」という言い方をしてきたのは便宜的なものであった）。「花ざかりの森」は、これを閲読した清水の推薦で「文芸文化」に掲載されたが、昭和十六年夏、修善寺・新井旅館での編集会議に「花ざかりの森」の原稿を持参した清水は、まだ中等科五年生の年少者である筆者をジャーナリズムの荒波から守るために、また一方では平岡家への遠慮もあって、筆名を考案することを提唱した。そして、修善寺への途上で三島駅を通過したことと、そこから仰ぎ見たのが富士の白雪であったことから、自然と「三島ゆきお」の名が固まり、さらに古代の大嘗祭の祭場である「悠《ゆ》（由）紀《き》・主基《すき》」にちなんで「由紀」の字が選ばれた。そして、「夫」は帰京後に、清水が本人と相談して決めたものなのである。

　こうして、「三島由紀夫」という作者による小説が、一般の文芸誌に掲載されることになった。それは三島にとって、はじめて納得のゆく小説家としての顔だったが、同時に家庭内の顔や学習院内の顔という範囲を大きく超えた仮面を身につけることを意味した。このことの意味は極めて大きい。それはちょうど、太平洋戦争開戦前夜であった。実は、修善寺での編集会議は、昭和十三年十月に応召し十五年末に日中戦争から帰還した同人・蓮田善明の慰労を兼ねていたが、その蓮田は三島のことを「われわれ自身の年少者」、「悠久な日本の歴史の請《まを》し子」（「文芸文化」後記、昭16・9）と呼んで歓迎する。ということは、すなわち「三島由紀夫」という名は、そもそものはじめから、一種の時代性や象徴性を帯びているのである。

第五章　文芸文化を超えて

花ざかりの森

「花ざかりの森」は、語り手の「わたし」が、まず自分の幼時を、ついで平安朝以来の祖先や、祖先と関わりのあった者たちのことを思い起こすことによって、自己再生する物語である。「わたし」は三島本人ではなく虚構の人物だが、それが何者かということが作中で具体的に語られることはない。ただし、「一、二年まへまで」は「追憶などはつまらぬものだとおもひかへしてゐた」にもかかわらず、今では「追憶は『現在』のもつとも清純な証《あかし》」だと考えようとしている人物として設定されているところを見ると、「鳥瞰図」の語り手あるいは陵太郎の後身《こうしん》と言うべき存在であろう。なぜなら「鳥瞰図」では、「追憶とは単に、人間が自分を慰め鎮めるためにつくつた、『生』の仮象にすぎない」と述べられていたからである。

では、祖先や祖先と関わりのあった者たちとはどのような人物であろうか。一人は、「おほん母」の「聖《きよ》い幻」を見て心の惑乱に襲われるが、まもなく祈りに身を捧げる切支丹《キリシタン》の夫人である（しかし彼女は、日記を残したまま、半年後に死去した）。もう一人は、男と出奔してはじめて海を見た時、「殺される一歩手前、殺されると意識しながらおちいるあのふしぎな恍惚」に襲われるが、やがて男と別れ出家し物語を書き綴った平安末期の女性である。最後の一人は、つまらぬ夫を心理的に追い詰めて死に至らしめた後、海に憧れ南の島に暮らすが、「くるほしいあこがれはつひにみたされることなく」「いのちの泉は涸れ」て帰国し、尼のように暮らしている「わたし」の祖母の叔母である。そして、小説末尾で三人目の女性の山荘を訪れるある人物は「いらだたしい不安」を覚えるが、彼は「生《いのち》がきはまつて独楽《こま》の澄むやうな静謐、いはば死に似た静謐ととなりあはせに」感じているのかもしれないと、「わたし」は語り終えるのである。

「花ざかりの森」は、一見《いっけん》幾つかのエピソードが並べられているだけのように見え、事実充分に熟していない部分も多いが、改めて読み直すと、巧みに構成された作品であることがわかる。「わたし」はもともと、陵太郎がそうであるように不安定な精神状態にあった。ところが、追憶し過去に遡ると、縁《ゆかり》のある人物たちはいずれも心の惑乱や虚無、あるいはサドマゾヒスティックな衝動に囚《とら》われていたのである。しかし、彼らの一人一人が滅んだとしても、血脈として生き続けるものがある。その果てに、「死に似」ているが、決して「死」ではない、むしろ単なる生死の区別を超えた、静謐だが充溢した瞬間が立ち現われ、小説末尾で山荘を訪れる人物は、今その瞬間を体験しようとしているのだ。そして「わたし」自身も、やがてこの瞬間を体験することによって現況を超克するであろうということが暗示されて、小説は幕を下ろす。すなわち、「わたし」は過去に赴くことによって、未来において自己回生する。三島はこのような人物を描くことにより、はじめて「自分がバラバラになっちゃうという危険」を対象化（相対化）し、これを整理、制御することに成功したと言えるのではないだろうか。

このように、「花ざかりの森」は三島にとって画期的な作品であり、文学史的に見ても、現代において古典文芸的なものを自由に取り入れた注目すべき小説である。続いて三島は、「文芸文化」の昭和十七年十一月号に「みのもの月」を、同誌十八年三月から十月にかけては「世々に残さん」を発表した。これは「かげろふの日記」（堀辰雄）や、「建礼門院右京大夫集」などに着想を得て、先に失敗したラディゲ風の恋愛小説を、平安期や鎌倉初期の時空間を舞台に展開しようとした意欲作である。

夜の車

ところが、その一方で東健宛書簡（昭16・8・5）によれば、三島は「花ざかりの森」の後半に強い不満をおぼえていた。昭和十七年七月、三島は東と徳川義恭《よしやす》の三人で同人誌「赤絵」を創刊するが、その創刊号でも同じ不満を述べている。三島のこの自己評価は低過ぎる。しかし、確かに「花ざかりの森」に難点がないわけではない。では、いったいこの作品のどこに問題点があり、それはその後の三島にどんな影響を及ぼしたのだろうか。

一つ述べるならば、最後の自己回生への道筋がやや唐突なため、「わたし」は不安定な精神状態のまま、徒《いたずら》に過去へ遡って夢想に耽るだけの人物のように見えかねないという難点がある。また、「みのもの月」「世々に残さん」においては、表現の細部へのこだわりが自己目的化してしまうことにより、なぜ三島がこのような作品を書かねばならないのかという必然性が見え難くなっている。だが、これは必ずしも三島個人の失敗と見なすべき事柄ではない。「文芸文化」が、あるいは「文芸文化」を含む日本浪曼派と呼ばれる当時の文芸思潮が本質的に抱え込んでいる、浪曼主義それ自体の落とし穴を三島も逃れ得なかったということを意味している。

三島は、このような状態に甘んじ続けるわけにはゆかなかった。この事情について、三島は戦後、川端康成宛書簡（昭21・3・3）で次のように述べている。すなわち、「戦争中、私の洗礼《バプティスマ》であつた文芸文化一派の所謂《いはゆる》『国学』から、どんなにじたばたして逃げ出したか、今も私はありありと思ひ返すことができます。文芸文化終刊号にのせた奇矯な小説『夜の車』は国学への訣別の書でしたが、それを書いたときは胸のつかへが下りたやうでございました。私は国学をロマンティシズムの運動として了解してゐました」が、それが「芸術至上主義をモットオとして来ますと（中略）造型的意欲に圧倒されて、型式主義に陥り、いつか本来の内面的衝動（書簡中で「滅亡的衝動」と言い換えられている──引用者注）は霧散して人工的な無内容の文学」になってしまう。そこで、「浪曼派的饒舌と浪曼派的恣意からそれ（「文学」のこと──引用者注）を救ふために」は、「内面的衝動を一瞬一瞬の形態に凝結せしめて、時間と空間の制約の外で、人工的に再構成」しなければならないというのである。

右の書簡は、後述のように戦後新たに川端の庇護を求めるため、かつて依拠した「文芸文化」との隔たりをあえて強調したという側面もあるが、それを差し引いても、三島と「文芸文化」の関係が単純ではないことを示す貴重な資料である。同誌終刊は昭和十九年八月だが、この時三島は「花ざかりの森」によって身につけた年少作家という顔を、早くもすげ替えようとしたと言うこともできよう。言及される「夜の車」は、後に改められた題名「中世に於ける一殺人常習者の遺せる哲学的日記の抜萃」から明らかなように、内面から噴出する暴力衝動と虚無を「殺人者」に託し、「時間と空間の制約の外で、人工的に再構成」した作品である。そしてそれは、三島が単なる浪曼主義の世界観では救われないことを証明しているのだ。

一般には、終戦前の三島は「文芸文化」および日本浪曼派の思想的影響下にあったと言われるが、この見方が事実を正確に捉えたものではないことが、以上の考察からわかる。

もっとも、わずか数年前に清水文雄から強い啓示を受けたにもかかわらず、いちはやく転身を図る三島の性急さが目につくのも否めないが、当時の三島を取り巻く状況の慌《あわただ》しさを考えれば、それも無理からぬことだったとも思われる。そこで、昭和十七年以降の三島の足取りを、社会状況と合わせて概観してみよう。

昭和十七年三月、三島は席次二番の成績で学習院中等科を卒業し、高等科文科乙類（ドイツ語クラス）に進学した。五月には文芸部委員長に選出されている。この年、父・梓が農林省水産局長を退き、日本瓦斯《ガス》用木炭株式会社社長に就任、祖父・定太郎が七十九歳で死去するなど、家庭環境にも変化があった。注目すべき文学上の事績としては先述の同人誌「赤絵」の創刊がある。一方、太平洋戦争の戦局は、六月のミッドウェー海戦以来厳しさを増していた。

昭和十八年一月には、前年一月擱筆の「王朝心理文学小史」が学習院図書館懸賞論文に入選し、「文芸文化」三月号から「世々に残さん」を連載、八月には蓮田善明から、詩人で小説家の富士正晴が三島の作品集を出版するというので原稿を蓮田宛に送るようにとの来簡があった。その蓮田は、二度目の応召により十一月に南方に出征する。病臥中の東健は十月に死去し、

「赤絵」は二号で廃刊した。なお、学徒出陣による最初の入営は、この年の十二月である。

昭和十九年、戦時下で出版統制が強化されたこともあり作品集の企画は順調に進まず、三月には富士正晴も召集されてしまうが、四月に内務省から出版の正式許可が下りた。一方、地方で徴兵検査を受ければ病弱さが目立って不合格になるかもしれないという梓の考えに従って、三島は五月に本籍地の兵庫県で検査を受ける。しかし、結果は第二乙種合格（身体的欠陥のない者では最低ランクとされる）だった。その後、戦時下の学業短縮措置により九月に高等科を卒業し（首席として恩賜の銀時計を拝受）、十月に東京帝国大学法学部に推薦入学する。そして同月、七丈書院より小説集『花ざかりの森』（「花ざかりの森」「みのもの月」「世々に残さん」など五篇収録）が刊行され、十一月十一日には上野池之端の雨月荘で清水文雄らを招いた出版記念会が開催されるのである。これは、三島の文学趣味を嫌っていた梓が、「どうせ死ぬんだから」と場所を手配したもので、三島自身も『花ざかりの森』について、不満はあるものの遺作と考えて、「これで私は、いつ死んでもよいことになつたのである」（『私の遍歴時代』）と述べている。そして、翌二十年一月、勤労動員のため群馬県の中島飛行機小泉製作所へと向かう。これが当時の状況であった。それは三島にとって、単なる浪曼主義の世界観には収まりきらない慌しさであり、「夜の車」はそうした緊張下で書かれたものなのである。

　しかも、この後三島は、半ば自《みずか》らの意志により、事態を一層複雑かつ矛盾に満ちたものにしてしまう。というのも、動員先から一時帰宅した二月四日に入営通知を受取った三島は、兵庫県富合村で入隊検査を受けた結果、即日帰郷を命じられるのだが、それは風邪をひいていた三島が、あたかも肺結核に罹患しているかのように振る舞い、軍医が肺浸潤（軽度の肺結核）と誤診したためだった。つまり三島は命惜しさのために嘘をついたのだ。しかし、入営は免れても、今さら「花ざかりの森」の世界に帰ることはできず、だからと言って「夜の車」に描かれた殺人を実践するわけにもゆかない。こうして三島はアイデンティティの保ち方がわからず、途方に暮れることになる。この時のことについて、『仮面の告白』では次のように述べられている。

　軍隊の意味する「死」からのがれるに足りるほどの私の生が、行手にそびえてゐないことがありありとわかるだけに、あれほど私を営門から駈け出させた（入隊検査を行った高岡廠舎《しようしや》の営門から逃げ出すように帰京したこと──引用者注）力の源が、私にはわかりかねた。私はやはり生きたいのではなからうか？

さらに、ここにはもう一つ複雑な事情も絡んでいた。三島は昭和十九年秋頃から、一方では模倣を試みたラディゲの小説や、日本の古典文芸が描く男女の恋愛を死ぬ前に自分も体験しなければならぬという義務観念故《ゆえ》に、他方ではそのような体験によって内面の虚無とわけのわからぬ暴力衝動を覆い隠し、あるいは消去してしまいたいという切実な思いに駆られて、学習院初等科以来の同級生・三谷信の妹（邦子。『仮面の告白』の園子のモデル。三谷家はプロテスタントの家系で、父はヴィシー政府時の駐仏大使、戦後は侍従長を務めた三谷隆信）と、恋愛関係に入ろうとしていたのである。

こう言うと、あたかも観念的で、またご都合主義的にも見えるであろう。だが、三島と彼女の間に一種の感覚的な共鳴が存在したことは疑えない。しかし、入営を免れたとなると、やがて社会の慣例通りに、二人の間にも具体的な関係性が入ってこざるをえなくなる。つまり、性的な交渉や結婚という事態が関わってきた。ところが、激しい衝動を内に抱えていた三島は、その一方で女性に対しては性的な関心がなく、また無能力（不能）であるという自覚を持つようになっていたのである。そうだとすれば、邦子の「恋人」という三島の顔は、早晩引き剝がされてしまうかもしれない。先の引用で、「軍隊の意味する『死』からのがれるに足りるほどの私の生が、行手にそびえてゐない」と述べているのは、一つには女性との幸福な結婚生活など自分には望むべくもないということを言っているのである。ところが、そう予感しながら、それでもなおかつ、三島は彼女との交際を続けた。その心境について、再び『仮面の告白』には、次のようにある。

（前略）私の自省力は、あの細長い紙片を一トひねりして両端を貼り合せて出来る輪のやうな端倪《たんげい》すべからざる構造をもつてゐた。表かとおもふと裏なのであつた。裏かとおもふとまた表なのであつた。（中略）私は感情の周期の軌道を目かくしをされて廻つてゐるだけのことであり、その廻転速度は戦争末期のあわただしい終末感のおかげで、ほとんど目まひのするほどのものになつてゐた。原因も結果も矛盾も対立も、ひとつひとつに立ち入つてゐる暇をもたせなかつた。

こういう状況下にあって、三島は最後の、と言ってよいような救済の観念を編み出そうとした。それは、「東雲」（五月から勤労動員に赴いた神奈川県の海軍高座工廠《こうしょう》の東大法学部学生による回覧冊子）に掲載された詩「夜告げ鳥　憧憬との訣別と輪廻への愛について」に、よく示されている。その第四連は次のようである（／は改行を示す）。

今何かある、輪廻への愛を避けて。／それは海底の草叢が酷烈な夏を希《ねが》ふに似たが／知りたまへ　わたくしを襲うた偶然ゆゑ／不当なばかりそれは正当な　不倫なほど操高いのぞみだ、と／さように歌ひ、夜告げ鳥は命じた／蝶の死を死ぬことに飽け、やさしきものよ／輪廻の、身にあまる誉れのなかに／現象のやうに死ね　蝶よ

ここで三島は、「現象のやうに死」ぬ蝶の死に、自らの死を投影しようとしているが、それは軍隊における死ではない。「恋人」としての自分の顔が崩壊し、わけのわからぬ暴力衝動に直面して自己が解体するという意味での死でもない。それらとは別種の死である。だが、そのような死を個が死んだとしても、まさにそれ故にこそ、個を超えた生命が輪廻において生き続ける。

ここに言われる死の内実は明らかではないが（これについては次章で再説する）、三島はそのような死と輪廻の観念に賭けた。それは、浪曼主義的な憧憬とは質的に区別されるべき救済の観念であった。それ故、この詩は日本浪曼派を代表する詩人であり、元来三島も敬愛していた伊東静雄の「八月の石にすがりて」（「八月の石にすがりて／さち多き蝶ぞ、いま、息たゆる」と始まる）の詩語を引用した上で、あえてその世界を、否定し打ち砕く内容になっている。よく知られるように、三島は遺作『豊饒の海』において輪廻思想に特別な意味を与えたが、その原点をここに認めることもできるだろう。

このような輪廻という観念を内に抱きながら、三島は昭和二十年六月、邦子の疎開先の軽井

沢を訪れるなどして交際を続ける。ところが、七月に結婚の申し込みがあると、どうしてよいかわからず逃げるように拒絶してしまうのである。これは一種の極限状況には違いないが、なにか曖昧で特異な局面とも言うべきであろう。そして八月、原因不明の高熱と頭痛のため高座工廠を離れ、一家が疎開していた豪徳寺の親戚宅に帰宅していた三島は、そこで終戦の詔勅のラジオを聞いたのである。

第六章　終末感からの出発

荒涼たる空白

終戦は多くの人にとって、大きな衝撃であった。ところが、右のような曖昧で特異な状況にいた三島は、終戦の体験をそれとして受け止めることができず、後年「二十歳の私は、何となくぼやぼやした心境で終戦を迎へたのであつて、悲憤慷慨もしなければ、欣喜雀躍もしなかつた」と回想している（「八月二十一日のアリバイ」、「読売新聞（夕刊）」昭36・8・21）。だが、そんな三島にも、深刻な打撃と認めざるをえない出来事があった。妹の美津子が腸チフスで亡くなったこと（昭20・10・23）がその一つだが、ここで特に注目したいのは、邦子が他家に嫁いだ（昭21・5・5）ことである。これについて、三島は次のように述べている。

日本の敗戦は、私にとつて、あんまり痛恨事ではなかつた。それよりも数ヶ月後、妹が急死した事件のはうが、よほど痛恨事である。

（中略）

戦後にもう一つ、私の個人的事件があつた。
戦争中交際してゐた一女性と、許婚《いひなづけ》の間柄になるべきところを、私の逡巡から、彼女は間もなく他家の妻になつた。
妹の死と、この女性の結婚と、二つの事件が、私の以後の文学的情熱を推進する力になつたやうに思はれる。種々の事情からして、私は私の人生に見切りをつけた。その後の数年の、私の生活の荒涼たる空白感は、今思ひ出しても、ゾッとせずにはゐられない。年齢的に最も潑剌《はつらつ》としてゐる筈の、昭和二十一年から二・三年の間といふもの、私は最も死の近くにゐた。未来の希望もなく、過去の喚起はすべて醜かつた。

（「終末感からの出発―昭和二十年の自画像」、「新潮」昭30・8）

このような地点から振り返る時、終戦直前の三島が、「現象のやうに死」ぬ蝶に何を託そうとしたのか、その内実がはじめて浮き彫りになるように思われる。つまり三島は、軍隊における死ではないが、やはり空襲死か病死のような何らかの具体的な死を想定していたのではないだろうか。そして、望ましくない現実が動かし難いものとして立ち現われる前に死がすべてを終わらせる、という観念による救済を、無意識の内に求めていたのではないだろうか。ところが、終戦により空襲の危機は去り、また病死の危険も遠のいた。このことが明瞭になった時、はじめて三島は事態の深刻さに戦《おのの》いたのではないかと思われるのである。

ここに言う「望ましくない現実」とは、単なる浪曼主義の世界観では救われない、わけのわからぬ強い衝動と深い虚無に蝕まれ、また女性に対して無能力であるような自分には、人生を生きてゆく能力も価値もないという「現実」である。今、邦子の結婚によって、この「現実」が目の前に突きつけられた。この時、不能ということと虚無の問題が深く結びつくようになる。

不能というテーマについては次節で再説するが、戦時中思うように文章を書けなかった作家たちが次々と復活し、かわりに三島が、文壇における位置を失ってしまったことも、「望ましくない現実」の一つであった。特に、終戦前には三島の側から隔たりを置こうとしていたとはいえ、三島を世に送り、発表の舞台を提供し続けてきた「文芸文化」のグループが解体したことは、三島にとって大きな痛手となった。マレー半島南端のジョホールバール駐屯中に終戦を迎えた陸軍中尉の蓮田善明は、連隊長・中条豊馬《なかじょうとよま》大佐の訓示に痛憤して、中条を射殺し自らもピストル自殺してしまう（この事件の真相については松本健一『蓮田善明　日本伝説』を参照）。また、清水文雄は昭和二十二年、郷里の広島へ帰ってしまった。こうして、文壇における後ろ盾を失った三島は、「二十歳で早くも、時代おくれになつてしまつた自分を発見した」（『私の遍歴時代』）のである。

この間三島は、陣中での病死により早世した室町九代将軍足利義尚《よしひさ》に自らを同一化して書いた、「いつ赤紙で中断されるかもしれぬ『最後の』小説、『中世』」（『私の遍歴時代』）や、夢想好きの少年が愛と死の意味に目覚める「岬にての物語」など、戦争中から書き継いだ小説に手を入れ、発表の舞台を求めて筑摩書房に持参しているが、当時同社で編集顧問を務めていた中村光夫に「マイナス百二十点」（『私の遍歴時代』）をつけられ、結局原稿は三島に返されてしまった。

不能という主題

それでも三島は、小説発表の舞台を探し続け、その結果「岬にての物語」は「群像」（昭21・11）に、「中世」も「人間」（昭21・12）に全篇発表される。この過程で、「人間」の木村徳三や講談社の川島勝ら編集者との関係が生まれたが、昭和二十一年に「人間」を創刊した川端康成との関係も、この時深まった。三島は二十一年一月二十七日、野田宇太郎の紹介で鎌倉の川端宅をはじめて訪れ、その時持参した原稿の一つである「煙草」（学習院をモデルとする華族学校における同性愛的感情の芽生えを描く短篇）が、川端の推薦により「人間」（昭21・6）に掲載される。これが戦後の三島の再出発を告げる最初の作品となったのである。

ところで、木村徳三は厳しくかつ優れた小説の読み手として、三島に幾つもの技術上の助言を与えたが、その助けを得て、三島は同じテーマに由来する一種の連作と見なしてよいような複数の作品を発表した。「恋と別離と」（「婦人画報」昭22・3）、「夜の仕度」（「人間」昭22・8）、「春子」（「人間別冊」昭22・12）、「家族合せ」（「文学季刊」昭23・4）などである。これらの背後には、実際には活字化されなかった多くの習作群も存在しているが、そこに底流する主題は、心理的な意味で、あるいは身体的な意味で不能に陥った青年が、妹的な女性の導きによって、倒錯的な性に目覚めてゆくというものである。妹の死の衝撃の影響をここに認めることができる。同時に、女性に対する無能力という問題にどう向き合うかということが、やはり三島にとって大きな意味を持っていたことが窺われる。

このことを決定づけるエピソードを、友人で後に劇作家となる矢代静一が紹介している（『旗手たちの青春』）。矢代によれば、昭和二十二年一月頃、彼は三島を案内して貧弱な売春宿に連れて行ったというのである。このことは、『仮面の告白』には次のように描かれている。

娼婦が口紅にふちどられた金歯の大口をあけて逞《たく》ましい舌を棒のやうにさし出した。私もまねて舌を突き出した。舌端が触れ合つた。……余人にはわかるまい。無感覚といふものが強烈な痛みに似てゐることを。私は全身が強烈な痛みで、しかも全く感じられない痛みでしびれると感じた。私は枕に頭を落した。

十分後に不可能が確定した。恥ぢが私の膝をわななかせた。

矢代の説明では、この記述には小説創作上の脚色があるということだが、たとえそうだとしても、女性との肉体関係を恐れ、それが不首尾に終わったことについて三島が深刻なこだわりを抱いていたこと自体は疑いようがない。

雑誌「文学会議」（昭22・12）以来、複数の雑誌に断続的に発表し、昭和二十三年十一月に全篇をまとめて刊行された『盗賊』（真光社）も、この延長上の作品と見なすことができる。『盗賊』の筋は、女性に捨てられた男性と、男性に捨てられた女性が、密《ひそ》かな契約により結婚し、その結婚式当日に純潔なまま心中するというものである。そこには、不能それ自体が直接描かれているわけではない。だがこれを、性的な行為を拒まれた者が、逆にその行為をこちらから拒むことで、宿命に反逆する物語と読むならば、そこに不能という主題に対する、一つの応答を見出すことができるであろう。しかし、『盗賊』の執筆は困難を極めた。その理由としては、この作品がはじめての本格的な長篇小説の試みとなった三島には、執筆の力配分の調整ができなかったことや、ラディゲの『ドルジェル伯の舞踏会』を真似て登場人物を華族社会の人間として描いたものの、それが日本の現実に合わなかったということなどが挙げられる。しかしそれ以上に、不能という主題の深刻さを、三島がいまだ扱いかねていたということが、根本的な原因となっていると言えよう。先述の「恋と別離と」から「家族合せ」に至る連作の試みも、困難な試行錯誤の痕跡ではあっても、短篇の書き手としての活発な活動の証《あか》しとは言えなかった。

魔群の通過

このように、戦後の三島は極めて不安定な精神状況にあった。川端の推薦を得て一応の再出発を果たしたものの、作家としてやってゆけるという確かな自信も得られなかった。三島は昭和二十二年十一月二十八日に東京大学法学部法律学科を卒業し、十二月十三日高等文官試験に合格（一六七名中一三八番）、十二月二十四日に大蔵省に初登庁して銀行局国民貯蓄課に勤務するが、昭和二十三年になっても、作家を生涯の職業とすることができるか、官吏の職にとどまるべきか、度々悩んだようである。三島に大蔵省入りを強く勧めたのは父・梓だが、梓が木村徳三のもとを訪れ、三島は一流作家になれるか、作家生活で生計が立つものかなどと、問いただしたこともあったという（木村『文芸編集者の戦中戦後』）。

しかしその一方で、三島はこの頃から大がかりな自伝的小説の構想も練っていた。当時三島が書き残したメモ、ノート類の一つには、次のような記述がある。
○昭和廿二年度に、着手すべき仕事。
○自伝小説『魔群の通過』（千枚）
Ⅰ、自伝の方法論――五十枚、
Ⅱ、幼年時代――三百枚、
Ⅲ、少年時代――三百枚、
Ⅳ、青年時代――三百五十枚、
十年がかりで書くこと。今からちよいく書きはじめること。（Ⅰ）は全部完成後書くこと。幼年時代の資料整理に着手すること。

おそらく三島は、かつて「花ざかりの森」の執筆がそうであったように、作中人物の回生が作者自身の救済に繋がり、そのことによって現況が超克されるような作品創作を企図し、そのためには大部の自伝的小説が必要だと考えたのではないだろうか。

ところが、「十年がかり」どころかわずか二年後、三島は「魔群の通過」（「別冊文芸春秋」昭24・2）と題する短篇を発表することになった。これは四十歳の伊原という男を主人公にして戦後の頽廃的な人物像を描くもので、右に構想された自伝長篇としてのそれとは全く異なる小説である。三島は、実はこの時点で、もはや「魔群の通過」という名の自伝小説を書く必要を失い、ただ既に書かれたエピソードの一部のみを、同名の短篇にまとめて発表したのだ。これは、一年前の状況から比べると大きな変化である。いったい、なぜ、三島は考えを翻すに至ったのだろうか。

それは、昭和二十三年に起こったある事柄が転機となり、三島の運命が大きく変化したからである。三島は、半年間で書下ろし長篇小説を書き上げて欲しいという執筆の依頼を受けたのだ。快諾した三島は、翌二十四年七月に、三島文学のみならず近代文学を代表する重要な作品を刊行する。自伝的小説の執筆により現況を超克しようとする企図は、この作品に引き継がれ、そこで達成された。その作品とは、『仮面の告白』（河出書房）であった。

第七章　裏返しの自殺

仮面の告白

昭和二十三年八月二十八日、河出書房の坂本一亀《かずき》は、四谷駅前の大蔵省仮庁舎に勤務していた三島を訪ね、刊行中の長篇シリーズの一冊として、書下ろし小説の執筆を正式に依頼した。ちなみに、同シリーズの最初の巻は椎名麟三の『永遠なる序章』（昭23・6）である。依頼を受けた三島は、ちょうど長篇を書きたいところだった、自分はこれに作家生命を賭けると述べ、大蔵省を辞める決意を固めて、九月二日に辞表を提出し、執筆準備に専念する。十一月二日付の坂本宛書簡には、「書下ろしは十一月廿五日を起筆と予定し、題は『仮面の告白』となることや、それは「生れてはじめての私小説で、もちろん文壇的私小説ではなく、今まで仮想の人物に対して鋭《と》いだ心理分析の刃を自分に向けて、自分で自分の生体解剖をしようといふ試み」であることが記されている。ただし、『仮面の告白』刊本に付された月報に記載された「編集便り」によれば、実際に筆が下ろされたのは十二月だった。擱筆は昭和二十四年四月二十七日で、当初は構想三ヶ月、執筆期間三ヶ月という予定だったので、二ヶ月ほどの遅れである。

ここで『仮面の告白』の内容を、簡単に確認しておこう。これは、主人公の「私」が、自身のサドマゾヒスティックな同性愛について告白するという筋立てで、四章構成になっている。

第一章では、病弱だったこと、主に祖母に育てられたことなど主人公の生い立ちが記される。そして、幼い主人公の憧れの対象として、汚穢屋《おわい》（糞尿汲取人）、地下鉄の切符切りやジャンヌ・ダルク、汗をかいた兵士などが列挙される。大正から昭和初期にかけて活躍した女奇術師・天《てん》勝《かつ》やクレオパトラを真似て扮装すること、また戦死のふりをして遊ぶのを好んでいたことも語られる。

第二章では、矢で射られた「聖セバスチャン」の殉教図を見て、主人公がはじめての射精を体験したこと、主人公にはサドマゾヒスティックな同性愛への強い興味があることが明かされる。近江という落第生への性的関心や、さまざまな残虐な夢想、たとえば同級生の友人を殺害して食べてしまうというような夢想も描かれる。

第三章では、十五、六歳になった主人公が、実際には男性にしか性欲が向かっていないのに、あたかも女性に性的な関心があるかのように自己暗示をかけるさまが語られる。さらに彼は、「女性と接吻したい」という強い考えを抱いて、園子という女性の疎開先を訪れ彼女と接吻するが、何の快感も得ることができない。彼は求婚されるが、これを断ったところでちょうど終戦を迎える。

第四章では、娼婦を買ったが不能に終り、その後無力感に囚われた生活を送ったことが述べられる。彼は、別の男性と結婚した園子と偶然再会し、煮え切らないデートを重ねる。その間に大学を卒業し官庁に就職するが、まもなく退職してしまう。二人は最後のデートに出かけるが、そこでも彼は、ダンスホールの客の青年が刺し殺されるというサドマゾヒスティックな夢想に耽り、その夢想と園子の存在との間に引き裂かれて、「私といふ存在が何か一種のおそろしい『不在』に入れかはる刹那」に襲われたところで、小説は幕を閉じるのである。

同性愛という観念

本書で述べてきたことから明らかなように、『仮面の告白』の内容は、明らかに三島自身の体験に基づいている。園子のモデルは邦子であり、偶然の再会の場面も、当時のノートに記された記述の一部が、名前と時期だけ変えてそのまま引用されているぐらいである（『決定版三島由紀夫全集1』「解題」参照）。だが、この小説が三島にとって大きな意味を持つのは、単に一つ一つの体験が忠実に再現されているからではない。まず指摘しなければならないのは、これによって、不能とは悩むべき事柄ではなく、性科学的に説明されるべき事象であるという考え方が形作られたことである。これは、三島自身が意図していたことで、その証拠となるのは、『仮面の告白』刊行後に三島が精神医学者で評論家の式場隆三郎に宛てた書簡（昭24・7・19）である。

「仮面の告白」に書かれましたことは、モデルの修正、二人の人物の一人物への融合、などを除きましては、凡《すべ》て私自身の体験から出た事実の忠実な縷述《るじゅつ》でございます。この国にも、また外国にも、Sexual inversion（性倒錯――引用者注）の赤裸々な告白的記述は類の少ないものであると存じます。わづかにジッドの「一粒の麦」がございますが、これはむしろ精神史的な面が強調されてをります。ジャン・コクトオの Livre blanc（コクトーが匿名で刊行した性の告白書である『白書』のこと――引用者注）といふ稀覯本を見ましたが、これも一短篇にすぎませぬ。私は昨年初夏にエリスの性心理学の Sexual inversion in Man や Love and Pain（いずれもイギリスの性心理学者エリスの著書――引用者注）を読みまして、そこに掲載された事例が悉く知識階級のものである点で、（甚だ滑稽なことですが）、自尊心の満足と告白の勇気を得ました。当時私はむしろ己れの本来の Tendenz（性向の意――引用者注）についてよりも、正常な方向への肉体的無能力について、より多く悩んでをりましたので、告白は精神分析療法の一方法として最も有効であらうと考へたからでございました。

右の書簡によれば、『仮面の告白』の執筆は、不能であることへのこだわりを解消する上で、非常に大きな力を有していたことになるであろう。

しかし、これは『仮面の告白』が画期的な作品であることの第一の理由ではない。むしろ重要なのは、三島がここで、自らの内に充満する激しいサドマゾヒスティックな衝動を言葉として表現していることであり、その実自分は何者でもなく、結局のところ「不在」であり虚無であるということまでも、はじめて明確に描いていることである。

その際三島は、過去の体験や様々なエピソードをただ表現するのではなく、すべてを同性愛という観念に結びつけた。そのために、コクトーやエリス、また書簡には挙げられていないがヒルシュフェルト（ドイツの性科学者。一八六八〜一九三五）らの著作に目を通し、そこに述べられた男性同性愛者像を参照しつつ、自らの過去を体系的に再構成している。

このことは、『仮面の告白』の創作過程を辿ることによって、実証することもできる。『仮面の告白』には、そこに描かれる体験やエピソードが既に記されているような、多数の草稿類や先行作品が存在する。特に重要なのは、「鳥瞰図」（第四章参照）、「扮装狂」（擱筆は昭和十九年八月一日。林富士馬が主宰する雑誌「曼荼羅」に発表予定だったが、予算の都合で誌面が大幅に縮小され掲載を見送られたもの）、前章で触れた「夜の仕度」や、先述の邦子との偶然の再会（昭21・9・16）

を記したノートなどである。だが、そこでは同性愛の問題は、それとして扱われていない。たとえば、『仮面の告白』第三章の、女性に性的な関心があるかのように自己暗示をかける主人公の心理描写の原型になったのは「鳥瞰図」の陵太郎の心理だが、それは「鳥瞰図」においてはもっぱら神経衰弱的な意識の混乱として描かれているのである。また、セバスチャンを讃えるものとして『仮面の告白』に引用されている散文詩の草稿も存在するが、その草稿では、射精のことについては全く触れられていない。

坂本一亀の依頼を受けた三島は、これらの草稿類を同性愛の観念に従う形に再構成しながら『仮面の告白』を執筆した。そうすることによって、単に不能に対するこだわりを解消するばかりでなく、終戦後の深刻な精神的危機を、さらには戦時中「文芸文化」の影響を脱しようとした時以来の矛盾と混乱を克服しようとし、そしてその試みは成功したのである。どうしてそれが危機の克服に繋がるかと言えば、たとえ当時の社会通念に反するものとして心理的負担になることであったとしても、同性愛者であると自己表明することは、三島本人に明確なアイデンティティの拠点を与えるからだ。そして、それを拠り所とすることによって、三島はサドマゾヒスティックな衝動や虚無の脅威と正面から向き合い、これを発散させつつ制御する力を得たのである。この意味では、同性愛は心理的危機や混乱の要因ではない。むしろ、危機に瀕した不安定な存在を救済する観念であり、そのような観念を身にまとうことができた三島は幸運であったと言えるであろう。その結果、三島は『仮面の告白』刊本に挟み込まれた「『仮面の告白』ノート」の中で、次のように述べるに至った。

この本は私が今までそこに住んでゐた死の領域へ遺さうとする遺書だ。この本を書くことは私にとつて裏返しの自殺だ。飛込自殺を映画にとつてフィルムを逆にまはすと、猛烈な速度で谷底から崖の上へ自殺者が飛び上つて生き返る。この本を書くことによつて私が試みたのは、さういふ生の回復術である。

このように、『仮面の告白』は三島にとって極めて重要な意味を持つ作品なのである。

告白の不可能性

これは、三島が同性愛者という仮面を被ったということでもあるが、だからと言って、三島が同性愛であるというのは単なる偽りであるということではない。プロローグで述べたように、それはアイデンティティを持つことと同義である。三島はこのことを、「『仮面の告白』ノート」の中で次のように言っている。

（前略）肉にまで喰ひ入つた仮面、肉づきの仮面だけが告白をすることができる。告白の本質は「告白は不可能だ」といふことだ。

また、『三島由紀夫作品集1』（新潮社、昭28・7）の「あとがき」には、以下のようにある。

私は一種の告白小説を書くに当つて、方法的矛盾を怖れてゐた。そこで考へたことは、作品の中から厳密に「書き手」を除外せねばならぬといふことであつた。何故なら、もし「書き手」としての「私」が作中に現はれれば、「書き手」を書く「書き手」が予想され、表現の純粋性は保証されず、告白小説の形式は崩壊せざるをえない。

この引用については次章でも取り上げるが、ここではプロローグで触れたレインの寓話の文脈に従って言い換えれば、告白とは、ある椅子に座った状態からしか成立しない行為であり、座る以前の事柄も含めてすべて語ることは、人間には原理的に不可能だということになるであろう。すべてを正直に語るというようなことは、そもそも起こりえないのであり、それにもかかわらず告白が成立するように見えるのは、それがフィクショナルな制度として成功した場合である。別の角度から言い直せば、言語には表現不能の領域が必ず伴うということにもなるだろう。三島はこのことを充分自覚しながら、なおかつ、小説創作による自己回生を図ろうとしたわけである（この問題については、第十七章でも再説する）。

ここにこの小説の表題の由来が存するが、以上のように考える時、なぜ『仮面の告白』が三島一人にとってのみならず文学史上重要な作品であるのか、その理由も浮き彫りになる。すなわち、『仮面の告白』は近代日本文学の主流を形成した私小説という形式に見かけの上では則りながら、その実、私小説が暗黙の内に方法論的前提としている「告白に対する作家―読者両者による全幅の信頼」に罅《ひび》を入れようとするものなのである。そしてそこには、近代という時代において、私たちがさして深く考えることなく信じ込んでいた「私」というアイデンティティの自明性に亀裂を走らせ、これを相対化する契機が孕まれているのである。私たちはポストモダンの思想が紹介されて以降はじめて、「告白」や「主体」というものがフィクションに他ならないことを明確に意識するようになったが、それにはるかに先立ち、三島はこの問題を剔抉《てっけつ》していたのだ。

もっとも、発表当時にこのことが充分に明らかになっていたとは言えない。「この本を著者から贈られて読んだとき、実をいうと、私は狐につままれたような面妖な心持であった」（本多秋五『物語戦後文学史　中』）というような印象を持つ者も少なくなかった。しかし、作者の鬼才に対する賛嘆は次第に高まり、内容に対する好奇心も働いて、『仮面の告白』はベストセラーに名を連ねることになる。こうして三島は、終戦後の危機を脱して小説家としての確かな顔を獲得し、才能溢れる若手作家として活躍し始めるのである。

第八章　太陽の発見

ブランスウィック

『仮面の告白』によって戦後作家としての本格的なスタートを切った三島は、ついで新潮社の依頼で書下ろし長篇『愛の渇き』（昭25・6）を発表した。舅と肉体関係のある未亡人の悦子が、舅の農園の園丁・三郎と女中の仲に嫉妬するが、三郎が悦子の求愛を受けて彼女の肉体を求めると、三郎を殺害してしまうという筋である。これは、大阪近郊の農園に嫁いだ三島の母・倭文重の妹・江村重子の話から着想を得たもので、三島は悦子にギリシア神話の女性のイメージを重ねつつ、内面を虚無に侵された人間が、暴力衝動の発現によって精神の安定を図ろうとする心理を描いた。また、貸金業・光クラブの社長で東大法学部学生だった山崎晃嗣《あきつぐ》が青酸カリ自殺をした事件（昭24・11・24）に取材して『青の時代』（「新潮」昭25・7〜12）を連載した他、多くの短篇小説も発表した。

これらは、三島の才能を現わす傑作として、またアプレゲール世代の心理を象徴する小説として高い評価を得た。こうして、三島は若くして流行作家となり、目黒区緑が丘にはじめて持ち家も購入した。

だが、『愛の渇き』も『青の時代』も、三島が自分の意志で書き始めたというよりも、偶然与えられたモデルや挿話に触発されたという面が強い。これに対し、三島が強い内面的動機から取りかかった小説がある。『禁色』二部作である。第一部は「群像」（昭26・1〜10）に連載され、その後昭和二十六年暮からの半年間の世界旅行を経て、「秘楽《ひぎょう》」と題する第二部が「文学界」（昭27・8〜28・8）に連載された。単行本はいずれも新潮社から、第一部（昭26・11）、第二部（昭28・9）の二巻として刊行されている。

内容は、三度の結婚に失敗し、その他多くの惨めな恋愛を繰り返して、女性を憎悪している老作家檜俊輔が、同性愛者の美青年悠一を道具に使って、女性に対する復讐の念を晴らすというものである。俊輔は躊躇する悠一を促して十九歳の康子と結婚させ、同性愛者の妻であることの不幸を康子に体験させる。また、かつて俊輔に対して美人局《つつもたせ》を働いた鏑木元伯爵夫人に悠一を愛させる。ところが、実は元伯爵と悠一は恋仲で、その濡れ場を覗き見てしまった夫人は、衝撃のあまり自殺する。以上が第一部だが、後半は後述する。

この小説が三島にとって重要なのは、『仮面の告白』の主題を引き継ぎ、かつ発展させているからだ。それは次のような意味においてである。『仮面の告白』の主人公は、三島本人をモデルとするが、作中では小説家としては設定されていない。三島はそうすることで、「書き手」としての「私」を排除し表現の純粋性を保証しようとしたのである（前章参照）。だが、実はここには一種のトリックがある。「告白は不可能だ」というのは一般的な原理であり、それは主人公が小説家であろうがなかろうが、そのことには左右されないはずなのだ。そうだとすれば、表現に小説家として生きようとしている三島は、むしろ主人公を小説家とした上で、なおかつ告白というフィクショナルな制度を立ち上げてみせるべきであった。言い換えれば、『仮面の告白』では、物を書くことにより自己回生しようとする、その当の人物が小説家であることについての覚悟が、徹底的には突き詰められていないのである。しかし、『禁色』ではこの問題が、作家である俊輔と、『仮面の告白』で形作られた同性愛者という仮面（アイデンティティ）を身につけた悠一との関係の中で問われようとしている。この点に、『禁色』に託されたテーマの重要性がある。

しかし、残念ながらこの試みは成功していない。三島自身、この問題を問うよりも、悠一を「希臘《ギリシア》古典期の彫像よりも、むしろペロポンネソス派青銅彫像作家の制作にかかるアポロンのやうな」（『禁色』第一章）美青年として造形することや、悠一が足を踏み入れる戦後の同性愛社会の風俗描写の方に、強い関心を寄せてしまっているからである。これは、木村徳三宛書簡に「僕、目下、寝てもさめても、ブランスウィック（銀座に実在したゲイバー――引用者注）のボオイの姿が忘れられず、溜息《ためいき》ばかり出て、思春期が再発したみたい」（昭24・12・16）とあるように、当時三島が好んでゲイバーなどに足を運んでいたことの反映である。ブランスウィックでは、後に映画「憂国」の演出を務めることになる堂本正樹（昭8〜）とはじめて会うなど人間関係も広がり、そこが三島の生活上の一拠点ともなっていた。このことは、男性同性愛の会・アドニス会の機関誌「ＡＤＯＮＩＳ」第三号（昭27・11）に『禁色』のモデル論が掲載されていることからもわかるように、既に一部では周知の事実でもあった。

しかし、『禁色』で同性愛社会の様子が活写されていることと反比例するように、小説としての構成や主題の掘り下げには、弱くなっていると言わざるをえない部分がある。その結果、初出では第一部終幕で自殺した鏑木夫人を、単行本収録時に行方不明に改訂するというような事態も生じた。次は、その改訂公告である（「群像」昭26・11）。

本誌連載「禁色」第一部の結末を、作者はいろいろ考へた末、左のやうに改訂いたします。一旦発表したものを改訂するのは好ましからぬことでありますが、長篇小説の結末は再考三考すべきものであるにもかかはらず、そのための時日の余裕をもたなかつたためであります。十月号一三八頁十四行目「……十時ごろ帰宅した。」までそのまま。十五行目に当る左の一行で完結。

「三日たつた。鏑木夫人は帰らなかつた。」

「明る日の夕方」以下の旧十五行目以下は削除します。

卒塔婆小町

しかし、『禁色』は必ずしも失敗作とは言えない。第一にギリシアを理想視する三島の美意識に見合うような文体上の彫琢《ちょうたく》が試みられていること、第二に同性愛社会の描写を通じて、戦後の東京の猥雑な空気が象徴的に表現され、そのことが『禁色』をユニークな都市小説たらしめていることである。これは、いずれも従来の日本文学には見られぬ特徴である。それ故、三島の文学者としての可能性を広げる作品であったことは間違いない。だが、可能性の拡大という意味では、当時もう一つ大きなことがあった。劇作家としての本格的出発である。

三島は学習院初等科、中等科時代から、習作も含め幾つかの戯曲を書いているが、一般文芸誌に発表され、かつ実際に上演されたものとしては、「火宅」（「人間」昭23・11）が最初である。これは、俳優座文芸部員だった矢代静一の仲介により、俳優座創作劇研究会公演として東京の毎日ホールで初演された（昭24・2・24～3・2。以後公演情報は初演時のものを記載することを原則とする）。演出は青山杉作、出演は千田是也、村瀬幸子などである。だが、結果は失敗だった。「火宅」は人間関係のばらばらな家庭を描く劇で、その無秩序さが戦後社会の縮図となるという趣旨のことを公演プログラムで三島は述べているが、実際の舞台でも人物の台詞《せりふ》や行為に統一感がなく、結果的に観客の視線は焦点を結ばず拡散してしまうのである。三島はまだ、自らにふさわしい作劇法を身につけていないのだ。

三島に転機を与えたのは、芥川比呂志演出によるアヌイの「アンティゴオヌ」（文学座フランス演劇研究会、昭24・6・27～30）の公演である。このギリシア悲劇の現代劇化は大いに注目され、影響を受けた矢代はこれをきっかけに俳優座から文学座に移るのだが、三島もここから一つの着想を得た。すなわち、日本の古典演劇の現代劇への翻案である。三島は以前から能、歌舞伎に親しんできた。『私の遍歴時代』によれば、「（祖母の影響で――引用者注）はじめて歌舞伎を見たのが、中学一年生（二年生の誤り――引用者注）のとき、歌舞伎座の比較的無人の『忠臣蔵』で（中略）私は完全に歌舞伎のとりこになつた。それから今まで、ほとんど毎月欠かさず歌舞伎芝居を見てゐる」が、「一方、母方の祖母が観世流の謡を習つてをり、このはうも競争でお能拝見に連れて行つてくれ」たという。この経験を、三島は作劇に生かそうとしたのである。

その最初の試みは能「邯鄲」の翻案（「人間」昭25・10。文学座アトリエ、昭25・12・15〜17、演出芥川比呂志）で、ついで「綾鼓」の翻案（三島の作品名は「綾の鼓」、「中央公論　文芸特集」昭26・1。俳優座勉強会、昭27・2・13〜14）が書かれたが、三島にとって特に重要であり、またはじめての傑作戯曲と言うべきなのは、後に『近代能楽集』（新潮社、昭31・4）としてまとめられる連作の三作目となる「卒都婆小町」（三島の作品名は「卒塔婆小町」、「群像」昭27・1。文学座アトリエ、昭27・2・19〜25）である。

能の「卒都婆小町」は、卒塔婆に腰掛けた乞食の老婆を僧が咎《とが》めるが、この老女は実は小野小町のなれの果てだという設定である。老女は僧を言い負かすが、突然、小町に焦がれ死にした深草の少将の霊に取り憑かれる。しかし最後には狂乱を脱し仏道を志す。この僧および深草の少将と老女との関係を、三島は現代の青年詩人と乞食の老婆の関係に置き換えた。夢見がちな詩人は、公園で恋人たちに嫌がらせをする老婆を咎める。ところが、老婆は逆に、お前のような甘い根性ではろくな詩はできまいと言い負かし、時空を飛躍して、鹿鳴館の舞踏会で深草少将に成り代わった詩人とワルツを踊るのである。しかし、老婆に向かって、「小町、君は美しい。世界中でいちばん美しい」と言った瞬間に詩人は息絶え、公園に戻った舞台には老婆が一人残り幕となる。

この作品は一幕劇だが、一つの舞台上で時間と空間が自由に飛躍する。それは、リアリズム（写実主義）を重視する従来の新劇の世界に斬新な衝撃を与えた。また、能における僧と老婆の問答を応用した詩人と老婆の対話は、その後の三島戯曲の見せ場の一つとなる華麗な台詞の対立劇の原点となった。「卒塔婆小町」が三島にとって重要な作品であるゆえんである。また、三島はこういうことも言っている。

主題については、余計なことを云つて、観客を迷はせてはならないが、作者自身の芸術家としての決心の詩的表白である（中略）。つまり作者は登場する詩人のやうな青春を自分の内にひとまづ殺すところから、九十九歳の小町のやうな不屈な永劫の青春を志すことが、芸術家たるの道だと愚考してゐるわけである。

（「卒塔婆小町覚書」、「毎日マンスリー」昭27・11）

そうだとすれば、「卒塔婆小町」は、第三章で引用した、「少年時代にあれほど私をうきうきさせ、そのあとではあれほど私を苦しめてきた詩は、実はニセモノの詩で、抒情の悪酔だつたこともわかつて来た」（『私の遍歴時代』）という思いを作品化したものであり、青年詩人には乗り越えられるべき「抒情の悪酔」が、老婆には『仮面の告白』や『禁色』を執筆する散文作家としての三島の理想像が投影されていると見なすことができるだろう。しかしその実、「卒塔婆小町」という戯曲自体は、少年時代の三島にとって詩そのものであったイメージの自由な飛躍や豊かな機知が存分に展開されている作品であり、その意味では詩（それはニセモノかもしれないが）の代用物ともなっている。三島は「卒塔婆小町」において、新劇界に衝撃を与え、自らの作劇術を磨くとともに、小説家としての覚悟を固めるという『仮面の告白』でも『禁色』でも充分に展開できていないテーマに鋭く切り込んでいる。そして、そればかりか、詩作への密《ひそ》かな欲求も同時に満たすという離れ業《わざ》をやってのけたのである。

アポロの杯

このように、活動の領域を広げていった三島であるが、『禁色』が主題や構成において困難を抱えていたことからも推し量られるように、その精神状態は、決して平穏なものではなかった。『私の遍歴時代』によれば、その頃の「生活感情は、一等はげしいデコボコを持つてゐたやうに思はれる。そしていつも孤独におびやかされてゐた」。それ故、昭和二十六年十二月二十五日からの世界旅行は、三島にとって精神の転換を図るための好機となる。当時は、朝鮮戦争の影響で出入国が厳しく管理されていたが（海外旅行自由化は昭和三十九年四月）、三島は朝日新聞出版局長の嘉治隆一の配慮により、同紙特別通信員の資格を得ることができたのである。

三島は「卒塔婆小町」初演（昭27・2・19〜25）を待たず、横浜から出航した。そして、ハワイ、サンフランシスコ、ロサンゼルス、ニューヨーク、フロリダなど北米を旅行、プエルトリコからリオデジャネイロ、サンパウロを回り、ジュネーヴを経てパリに滞在、その後ロンドンからギリシアに飛び、さらにローマを回って二十七年五月十日に羽田空港に帰国する。約半年間にわたる大旅行だった。この旅行について、『私の遍歴時代』には次のようにある。

ハワイへ近づくにつれ、日光は日ましに強烈になり、私はデッキで日光浴をはじめた。以後十二年間の私の日光浴の習慣はこのときにはじまる。私は暗い洞穴《ほらあな》から出て、はじめて太陽を発見した思ひだつた。生れてはじめて、私は太陽と握手した。いかに永いあひだ、私は太陽に対する親近感を、自分の裡《うち》に殺してきたことだらう。

そして日がな一日、日光を浴びながら、私は自分の改造といふことを考へはじめた。

私に余分なものは何であり、欠けてゐるものは何であるか、といふことを。

（中略）

私に余分なものといへば、明らかに感受性であり、私に欠けてゐるものといへば、何か、肉体的な存在感ともいふべきものであつた。すでに私はただの冷たい知性を軽蔑することをおぼえてゐたから、一個の彫像のやうに、疑ひやうのない肉体的存在感を持つた知性しか認めず、さういふものしか欲しいとは思はなかつた。それを得るには、洞穴のやうな書斎や研究室に閉ぢこもつてゐてはだめで、どうしても太陽の媒介が要るのだつた。

そして、感受性は？　こいつは今度の旅行で、靴のやうに穿《は》きへらし、すりへらして、使ひ果してしまはなければならぬ。濫費するだけ濫費して、もはやその持主を苦しめないやうにしなければならぬ。

あたかもよし、私の旅程には、南米やイタリイやギリシアなどの、太陽の国々が予定されてゐた。

旅行は、三島のこの思いを存分に満たすものだった。その詳細を綴った『アポロの杯』（朝日新聞社、昭27・10）によれば、三島はニューヨークで眷恋《けんれん》のオペラ「サロメ」の他、ミュージカル観劇も楽しみ、リオでカーニバルに参加、ブラジルのリンスで元東久邇宮《ひがしくにのみや》子息・多羅間《たらま》俊彦の農園に滞在し、ローマではカピトリーノ美術館で「聖セバスチャン」の殉教図を、ヴァチカン美術館では「希臘の最後の花」（『アポロの杯』）であるアンティノウス像に強い感銘を受けるなど多くの経験を重ねる（これらの画像は、第二章で紹介した三島由紀夫文学館ホームページで見ることができる）。その歓喜の頂点は、ギリシアであった。「私はあこがれのギリシアに在って、終日ただ酔ふがごとき心地がしてゐた。（中略）ギリシアは、私の自己嫌悪と孤独を癒やし、ニイチェ流の『健康への意志』を呼びさました」（『私の遍歴時代』）と三島は語っている。

この経験は、一面において「卒塔婆小町」の老婆に託された散文作家の理想に近づくことを意味していたと言うことができる。しかしそれ以上に、三島はむしろ作家という存在のあり方を離れて『禁色』の悠一のような理想的存在に同一化し、そうすることで幼時以来の内面の暗部を蒸発させようとしているのである。

第九章　助　走

『潮騒』と『禁色』

ギリシア体験は、書下ろし小説『潮騒』（新潮社、昭29・6）にそのまま生かされた。『潮騒』は三重県の神島（作中では歌島）を舞台に、健康な漁師の若者・久保新治と、村一番の金持で船主の宮田照吉の娘・初江が、幾多の困難を越えて婚約するという話である。ロンゴス（2～3世紀頃のギリシアの作家）の『ダフニスとクロエ』を下敷きとする作品だが、明朗な青春恋愛小説として発表後三ヶ月余りで七十刷に達する大ヒットとなり、十月には東宝から映画化された（その後現在まで四度再映画化されている）。昭和三十年一月には、新潮社文学賞を受賞している。

だが、実のところ三島は複雑な心境だった。三島はこれについて、「『潮騒』の通俗的成功と、通俗的な受け入れられ方は、私にまた冷水を浴びせる結果」（『私の遍歴時代』）になったと述べているが、そこには次のような問題もあった。『潮騒』の新治は同性愛者ではないが、『禁色』

の悠一と同様、三島にとって理想的な青年である。それ故、三島は悠一だけでなく新治にも同一化の視線を向けた。ところが、『潮騒』は「何から何まで自分の反対物を作らうといふ気を起し、全く私の責任に帰せられない思想と人物とを、ただ言語だけで組み立てようといふ考へ」(「十八歳と三十四歳の肖像画」、「群像」昭34・5)から書かれた作品だという思いも、三島には消せなかったのである。これは、性愛の面においてだけでなく、まさに「何から何まで」そうだったのであろう。こうして、前章で引用した『私の遍歴時代』の表現に従えば、これから自己「改造」されるべき現在の自分と、「改造」後の理想としての自分とが分裂し、いわば二つの顔が葛藤するようになった。これは、昭和二十八年九月に単行本化された『禁色』第二部における老作家俊輔と悠一との葛藤の延長上にある問題である。

『禁色』の悠一は、はじめは俊輔に操られていたが、やがて道具として利用されることを嫌い、「僕はなりたいんです。現実の存在になりたいんです」と叫ぶようになる。そして第二部では、俊輔から離れて次々と男性と関係を持つ一方で、失踪した鏑木夫人に恋愛感情を抱きさえするのである。これに対して、元々同性愛者ではなかった俊輔は、次第に悠一を愛し始めてしまう。では、結末はどうするべきか。これについて三島は、創作ノート(『決定版三島由紀夫全集3』『同補巻』)に幾つかの構想を書き残している。三島ははじめ、俊輔の求愛に対して悠一がこれを受け入れる場合と、拒む場合の両方の筋を比較検討し、後者の方向に筋を運ぼうとしていた。また、こんなに美しい青年が自分のような醜い者を愛するのには耐えられぬという理由で、俊輔が服毒自殺するという結末も構想した。実際の発表作では、性的な求愛の場面は直接には描かれず、俊輔と悠一のチェスの勝負がその象徴的な代理となっている。そして、チェスに敗れた俊輔は悠一に莫大な遺産を残して自殺し、相続を受けた悠一は、途方に暮れた思いのまま取り残されるのである。

これは、長篇小説の幕切れとしては非常に印象的である。だが、俊輔と悠一の関係を追究することを通じて、物を書くことにより自己回生しようとする小説家のあり方を問うというテーマに関して言えば、なんの解決も得られていない。というのも、結局のところ俊輔と悠一との間に関係は成立せず、作家である俊輔は命を絶ち、悠一も曖昧な状況の中に放り出されてしまうからだ。三島が本当にこの問題を考え抜くためには、まだ数年の時間が必要だったのである。

三島歌舞伎の誕生

この意味で、『禁色』『潮騒』を執筆していた時期の三島は、一種の模索期間にあったと言える。しかし、次の飛躍に生かすことができるような経験を三島が重ねていたことも確かで、前章で述べた「卒塔婆小町」の成功や世界旅行はその例だと言えるが、他にも指摘すべき事柄がある。

第一に、作家仲間との交流が大きく膨らんだことである。三島は昭和二十五年、劇作家の岸田国士《くにお》や福田恆存らとともに、劇と文学の融合を図る文学立体化運動（雲の会）を起こし、またこの頃、中村光夫、福田恆存、吉田健一、神西《じんざい》清、大岡昇平らの鉢の木会に、有力な若手作家として迎え入れられた。鉢の木会は後に季刊誌「声」（昭33・10〜36・1）を刊行するなど三島の文学生活上の重要な拠点となるが、この文学グループとの最初の接点が、この頃生まれるのである。

第二に、贔屓《ひいき》にしていた六世中村歌右衛門との交流が深まったことも、三島にとって大きな意味を持っていた。三島は芝翫《しかん》時代の歌右衛門について、「中村芝翫の美は一種の危機感にあるのであらう。（中略）終戦後間もない東京劇場で、幸四郎の忠信を向うへ廻した道行の静の演技は、私に春立ち返る思ひをさせた」（「中村芝翫論」、「季刊劇場」昭24・2）と述べて賛美を惜しまなかったが、二十六年十一月、歌舞伎座で「忠臣蔵」のおかるを演じていた歌右衛門を楽屋に訪ねて以来親しく交わり、やがて歌右衛門に嵌めて新作歌舞伎を書くようになるのである。

ここで三島の創作歌舞伎について触れておこう。

いわゆる「三島歌舞伎」の第一作は、芥川龍之介原作による「地獄変」（歌舞伎座、昭28・12・5〜26）である。これは松竹からの依頼に応えたものだった。第二作「鰯売恋曳網《いわしうりこいのひきあみ》」（歌舞伎座、昭29・11・2〜26）は三島から持ち込まれた企画で、「地獄変」同様、歌右衛門、十七世勘三郎の主演、久保田万太郎の演出で好評を博した。これは、洛中一の傾城蛍火《ほたるび》に一目惚れした鰯売りの猿源氏と、十年前に鰯売りの声に惹かれて城から脱け出したところ人買いによって廓に売り飛ばされ傾城蛍火となった丹鶴《たんかく》城の姫との恋物語で、御伽草子の「猿源氏草紙」を素材にした明るい笑劇である。新作ではあるが、古典歌舞伎の様式を重んじた傑作で、三島没後にも度々上演されている。

蛍火　コレ源氏どの、イエサわがつま、

猿源氏　へへエ。（ト崩折《くづを》れる）

蛍火　ナンノイナア、今日よりは夫婦《めをと》づれの鰯売、あの呼声教へてたも。

猿源氏　さらば聞きやれ。（ト立上り、声美しく）伊勢の国に阿漕ヶ浦の猿源氏が鰯かうえい。

蛍火　そんならかうかいな。伊勢の国に阿漕ヶ浦の猿源氏が鰯かうえい。（本舞台へ）そのはうどもも見習やいなう。

（本舞台、次郎太、亭主、海老名、および贋郎党、下手に馬を引きて出でたる六郎左衛門、声をあはせて）

皆々　伊勢の国に阿漕ケ浦の猿源氏が鰯かうえい。

蛍火　オオ美しう呼んだわいなア。

右は猿源氏と蛍火が、はれて夫婦となる幕切れである。ここには、主題として追究されるべきものは何もないが、舞台上に皆が勢ぞろいする華やかな場面それ自体が、芝居を盛り上げ観客の心を摑む魅力となっている。先に「卒塔婆小町」に触れた際、三島が作劇術を磨いたことを指摘したが、ここで三島は一歩進んで、華やかな舞台空間を創出し観客に芝居を楽しんでもらうためのダイナミックな技巧を身につけていったと言うことができるだろう。

三島は、その後も歌右衛門の依頼で舞踊劇「熊野《ゆや》」（歌舞伎座、昭30・2・24〜27）を創作し、さらにラシーヌの「フェードル」を翻案した「芙蓉露大内実記《ふようのつゆおおうちじつき》」（歌舞伎座、昭30・11・3〜27）を発表する。もっとも三島は、『地獄変』は実のところ少々面白半分で書いて、『鰯売』は、もう十分手に入って書いたつもりで、『大内実記』じゃ、もう大凝りに凝っちゃってね、それで大体限界がわかっちゃったんです。つまりそれからは詰らなくなっちゃった。（笑）」（杉山誠、郡司正勝、利倉幸一との「協同研究・三島由紀夫の実験歌舞伎」、「演劇界」昭32・5）と語り、歌右衛門との関係も「帯取池《むすめごのみ》」（歌舞伎座、昭33・11・1～26）の創作と写真集『六世　中村歌右衛門』（講談社、昭34・9）の編集を務めたことを最後に途絶えてしまった。しかし、「鰯売恋曳網」を中心とする創作歌舞伎の成功体験は、「鹿鳴館」「黒蜥蜴」など、その後の歌舞伎以外の三島戯曲に、色々な形で生かされているのである。

沈める滝

一方、私生活の上でも重要な事柄があった。一つは、昭和二十五、六年頃から妹・美津子の三輪田《みわだ》高等女学校時代の同級生である板谷諒子、諒子の姉で後に『鏡子の家』の鏡子のモデルの一人となる湯浅あつ子、鹿島建設の創始者の曾孫・三枝子らとの交流が深まったことである。三島はゲイバーのブランスウィックに案内するなど、彼女たちとの交際を楽しんだ（猪瀬直樹『ペルソナ　三島由紀夫伝』）。しかし、それ以上に注目すべきことは、昭和二十九年七月、歌舞伎座の歌右衛門の楽屋で赤坂の料亭の娘・豊田（後藤）貞子と出会ったことである。彼女は当時十九歳で未婚だったが、その後昭和三十二年五月まで三島と交際を続けることになる。

これは、三島にとって非常に大きな出来事だった。というのも、それは『潮騒』の新治のような男性に、性愛の面においても三島が自ら同一化しようとすることを意味したからである。ところが、貞子との関係を投影した小説『沈める滝』(「中央公論」昭30・1〜4)や、彼女からの聞き書き小説である岩下尚史の『見出された恋』によれば、三島はまもなく、彼女がいわゆる不感症であることを知るに至った。

ここで『沈める滝』の内容を見ておこう。主人公は、電力会社の三代目で、幼時から「竣工式の記念品の発電機の模型や、鉄の組立玩具や、ダムの調査の折に(祖父が──引用者注)もちかへつた河底の石」などで遊び、やがて祖父が会長を務める電力会社に入社して、ダム技師として働く青年・昇である。昇は多くの女性と関係を持つが、「未《いま》だかつて一人の女と、一度以上夜をすごしたことがなかつた」。その彼がはじめて顕子という女性を抱いた晩、彼女が不感症であることが明らかになる。顕子は人妻として設定されているが、モデルは貞子で、その場面は次のように描写される。

彼は墓石を動かさうと努めて、汗をかいた。彼がこれほど純粋な即物的関心に憑《つ》かれたことはなかつた。よくわかることは、顕子が自分の無感動をあざむかうとしてゐないことである。彼女は絶望に忠実であり、すぐさま自分を埋めてしまふ砂漠に忠実である。この空白な世界に直面して、自分が愛さうと望んだ男を無限の遠くに見ながら、顕子は恐怖も知らぬげに見えた。生きてゐる肉体が、絶望の中にひたつてゐる姿の、これほどの平静さが昇を感動させた。

（中略）

昇は暗い天井をじつと見上げて、深夜の空気を吸つた。それは涼しく、浄化され、頭をさはやかにした。

『俺は生活を変へることができる』と昇は確信に充ちて思つた。『顕子は俺に訓誡を垂れた。虚無の只中にこんなに自若として横たはること、それがこの女に出来て、俺には今まで出来なかつた。石と鉄の世界にかへらう。俺のいちばん身近な、いちばん親しいものに没頭しよう』

こうして昇と顕子は交際を続けることになるが、それは奥野川ダム（須田貝ダム、奥只見ダムをモデルとする）の建設のため越冬する昇と、東京に残った顕子との、手紙や電話による交際であった。そして、昇の越冬後に二人は半年振りに関係を持ち、その時、顕子の不感症は治癒する。ところが、昇が愛したのは、あくまでも不感症の顕子だった。それを知った顕子は、絶望のあまり自ら命を絶つ（ただし、モデルとなった女性は自殺したわけではない。これについては第十二章参照）。

この小説を読んでわかるのは、不能という主題が、それまでとは違う形で浮かび上がってきたことである。不能であることに苦しんだ三島は、『仮面の告白』により、それは悩むべき事柄ではなく、性科学的に説明されるべき事象であるという考えを持つようになった。さらに自己を改造し、性愛の面においても『潮騒』の新治に同一化しようとした時、不能などもはやたいした問題ではないという考えに三島は傾いたであろう。だが改めて考えれば、それは不能へのこだわりの裏返しの現われではないのか。むしろ、このテーマともう一度向き合い、そこから出発する必要があるのではないか。三島は今、右のような考えに辿り着き、それが昇に投影されているように思われるのである。また、昇という人物が、俊輔的なものと悠一・新治的なものをあえて結合したような存在であることを、ここで付言しておこう。

この頃三島は、「ラディゲの死」（「中央公論　秋季増刊文芸特集」昭28・10）、「詩を書く少年」（「文学界」昭29・8）といった短篇や戯曲「若人よ蘇れ」（「群像」昭29・6）などを著わし、少年期以来の自分の精神のあり方の再検証を試みた。「ラディゲの死」は、文字通りレイモン・ラディゲの死を描くものだが、これを通じて三島はラディゲに憧れたかつての自分を清算しようとしている。「詩を書く少年」では、「抒情の悪酔」（『私の遍歴時代』）に過ぎなかった少年時代の詩作体験を総括している。ちなみに三島は「『班女』拝見」（「観世」昭27・7）というエッセイで、詩というジャンルについて次のようなことを言っている。

> 詩とは何か？　それはむつかしい問題ですが、最も純粋であつてもつとも受動的なもの、思考と行為との窮極の堺、むしろ行為に近いもの、と云つてよい。「受動的な純粋行為」などといふものがありうるか？　言葉といふものはふしぎなもので、言葉は能動的であり、濫用されればされるほど、行為から遠ざかる、といふ矛盾した作用を持つてゐる。近代小説の宿命は、この矛盾の上に築かれてゐるのですが、詩は言葉をもつとも行為に近づけたものである。従つて、言葉の表現機能としては極度に受動的にならざるをえない。

しかし、自分は右のような意味での詩的言語（第三章での言い方に従えば、詩的必然性を備え持った詩語）の担い手ではなかったという自覚が、「詩を書く少年」には描かれるのである。

三島はまた、高座工廠での勤労動員や厚木事件（小園《こぞの》安名《やすな》大佐率いる厚木飛行場の航空隊が玉音放送後も徹底抗戦を主張した事件）を素材にした三幕の群像劇「若人よ蘇れ」（俳優座劇場、昭29・11・18〜30）を発表しているが、これは自身の終戦体験を、再検討しようとする意味を持つ。他にもこの時期には、「鍵のかかる部屋」（「新潮」昭29・7）、「海と夕焼」（「群像」昭30・1）など重要な短篇が書かれている。これらは一見、互いに無関係のようにも見える。しかし、すべて幼少年時以来の自己のあり方について問い直そうとするものであり、その点で、不能という問題と改めて向き合おうとする姿勢と相通ずる動機に由来していることを見逃してはならない。

　こうした経緯を経て、三島ははじめて『仮面の告白』でも『禁色』でもなしえなかった、小説家であることの意味、詩ではなく散文を書くことによって自己回生しようとすることの意義についての自己確認を行うための入口に辿り着いた。先に、三島が本当にこの問題を考え抜くためには、まだ数年の時間が必要だったと述べたが、ようやくその準備が整ったのである。昭和二十年代後半から三十年にかけての模索の時期は、この大きな仕事に取りかかるための助走期間だったと言うことができるであろう。

第十章　頂点としての『金閣寺』

近代小説とは何か

昭和三十一年、三島は自身にとって小説を書くことはいかなる意味を持つかという問題をはじめて正面から追究する「芸術家小説」と呼ぶべき作品を発表した。それは同時に、近代文学の歴史に残る傑作であり問題作ともなった。雑誌「新潮」（昭31・1〜10）に連載され、昭和三十一年十月、新潮社から単行本化された『金閣寺』である。

『金閣寺』が、どのような「芸術家小説」であるかということは次節で扱うことにして、ここではまず、この小説が文学史上重要な作品である理由について考えることにしよう。

『金閣寺』は、昭和二十五年七月二日に、金閣寺徒弟の林養賢（承賢）が同寺に放火し焼失させた事件をモデルとしている。放火後林は、金閣寺裏の左大文字山中で、小刀で胸を突きカルモチン百錠を飲み自殺を図ったが、死にきれずにいたところを発見された。林は動機に関して、社会に対する反感や、美への嫉妬、美しい金閣と心中しようという思いから事件を起こしたなどと述べているが、そこには複雑な感情が入り混じっており、真相はよくわかっていない。京都地裁は昭和二十五年十二月二十八日、懲役七年を言い渡したが（恩赦により五年三ヶ月に減刑）、その後結核と精神分裂病（統合失調症）が進行した林は、三十一年三月七日に病死している。

三島はこの事件について、林の生い立ちや訴訟記録などを綿密に取材した上で、その少年時代から放火に至るまでの心理と行動を描いた（なお、主人公の名は作中では溝口）。だが、そこでは実際の経緯を離れて自由に創作の翼を広げている。たとえば、小説の幕切れは、放火を行った溝口が左大文字山に駈け登り、小刀とカルモチンを投げ捨てて「生きよう」と思う場面であり、これは、実際の状況とは正反対なのである。

従って、この作品は現実の事件に基づきながらも、単なるノンフィクションとは全く異なるのだが、まさにこの点にこそ、『金閣寺』が文学史上重要であることの理由が存している。というのは、ある価値観に照らした時、『金閣寺』は日本の近代文学史上、その条件を満たす数少ない作品の一つだからだ。その価値観とは、近代における優れた小説は、現実離れした夢想を語るのではなく、なによりも同時代の出来事や社会的事件に基づくべきだが、しかしながら単なる事件の再現ではなく、そこに独自の思想や世界観が表現されていなければならないというものである。しかもその思想や世界観は、彫琢された言葉によって伝えられるべきであった。

このような考え方の原点として、優れた小説の鑑《かがみ》と目されるのは、たとえばフローベールの『ボヴァリー夫人』（一八五七）である。『ボヴァリー夫人』はルーアン近郊で起こったドラマール事件（ドラマール夫人が不倫の果てに自殺したとされる事件）を題材にすると言われるが、単に現実の出来事を再現しただけのものではなく、そこからは、革命後のフランス社会においては、ロマンチックな夢想や想像などは現実に押し潰されてしまう他ないという世界観が読み取られるのである。しかもフローベールは、その表現にふさわしい写実的な文体を、芸術の完璧さは形式美にあるという立場から生み出した。こうして、『ボヴァリー夫人』は以後の小説の模範となったのだが、『金閣寺』はこの系譜に連なる傑作と見なされるのだ。

では、『金閣寺』においては、どのような思想や世界観が表現されているのだろうか。実を言うと、この作品の発表当時には、作者にとっても読者にとっても、そこに何か大きな思想が表現されているということは予感されてはいたものの、その内実は必ずしも明瞭ではなかった。しかし、時の経過とともに、昭和三十一年前後の時代の歴史的、精神史的意味が明らかになるにつれて、それは浮き彫りになってきた。

昭和三十一年は、『経済白書』に、もはや戦後ではない、と記述された年である。政治的にも前年十一月の保守合同（日本民主党と自由党の合同）で自由民主党が結成されたことにより、新たな段階に入った。その意味で、時代はページを捲ったかに見える。だが、そうは言っても、戦争はわずか十年ほど前に終わったに過ぎない。戦争にまつわる諸々の記憶、罪悪感や夢想、さらには言い知れぬ快美感は、依然として消し難く人々の精神の底に蟠《わだかま》っていた。それは、表面的には進歩や繁栄を志向しているように見える当時の日本人の生を内側から脅かしていたとさえ言える。このような反戦後的と言える世界観が、金閣放火という事件を起こす溝口に投影され、人々の無意識と密《ひそ》かに共鳴したのである。

芸術家小説

しかし三島は、右のような思想の表現を第一に目指して『金閣寺』を執筆したわけではなかった。それは何よりも、三島にとってはじめての本格的な「芸術家小説」として書かれたのである。三島は小林秀雄との対談「美のかたち―『金閣寺』をめぐって」（「文芸」昭32・1）で、次のように言っている。

美という固定観念に追い詰められた男というのを、ぼくはあの中で芸術家の象徴みたいなつもりで書いたんですけど、ある批評でこういうことを言われたんです。あれは芸術家小説だけども、あの主人公を坊主にしたのは面白い、風変りだ、ということを言われたことがあるんです。ぼく、ちょっとそういうつもりがあったんです。

主人公の溝口は小説家ではない。しかし、三島にとっては『仮面の告白』や『禁色』以来のテーマである、物を書くことにより自己回生しようとする、その当の人物が小説家であることについての意味の追究という課題を担っているのだ。では、それはどのような意味においてであろうか。

第一に、溝口が幼時以来、内面の想像の世界に拠り所を求める人物として描かれている点においてである。それは本書で述べた幼少年期の三島自身の精神のあり方と相似形である。たとえば少年時代の溝口は、次のように考える。

> 私は歴史における暴君の記述が好きであつた。吃《ども》りで、無口な暴君で私があれば、家来どもは私の顔色をうかがつて、ひねもすおびえて暮らすことになるであらう（モデルとなった林と同様に、溝口も吃音症であった—引用者注）。私は明確な、辷《すべ》りのよい言葉で、私の残虐を正当化する必要なんかないのだ。私の無言だけが、あらゆる残虐を正当化するのだ。かうして日頃私をさげすむ教師や学友を、片つぱしから処刑する空想をたのしむ一方、私はまた内面世界の王者、静かな諦観にみちた大芸術家になる空想をもたのしんだ。外見こ

そ貧しかつたが、私の内界は誰よりも、かうして富んだ。

だが、溝口はただ無規律にイメージの遊戯を楽しみ続けたのではない。彼の想像の世界は、やがて金閣寺の美というものを中心に、秩序だった構造を備えるに至るのである。たとえば、はじめて現実の金閣を訪れた溝口は、そこに何の美しさをも見出さないが、金閣寺の内部に置かれた巧緻な金閣の模型については次のように感じる。

このはうがむしろ、私の夢みてゐた金閣に近かつた。そして大きな金閣の内部にこんなそつくりそのままの小さな金閣が納まつてゐるさまは、大宇宙の中に小宇宙が存在するやうな、無限の照応を思はせた。はじめて私は夢みることができた。この模型よりもさらにさらに小さい、しかも完全な金閣と、本物の金閣よりも無限に大きい、ほとんど世界を包むやうな金閣とを。

このような想像力の働かせ方は、一種の構造的な秩序を生み出そうとするものであり、単なる「抒情の悪酔」に溺れた「ニセモノ」の詩人としての三島の想像力の働かせ方とは異なる。むしろ、過去と未来への志向というものを軸に「花ざかりの森」を執筆し、また同性愛という観念を中心にして『仮面の告白』を構成した小説家としての三島の精神のあり方に近い（三島はこれらの作品で秩序だった作品世界を生み出そうとしたが、それは三島がラディゲに見出したもの―衝動や危険を制御し、完全に秩序づけられた作品世界を生み出すこと―を、表面的なラディゲの模作とは異なる形で実現しようとしたものだと言える)。これが、指摘すべき第二点である。

しかし、より重要なのは以下の事柄である。すなわち、『禁色』のような虚構の作品は言うまでもないが、『仮面の告白』のように事実に基づいているものであっても、現に執筆中の『金閣寺』においても、体験や出来事が言葉に移され、また言葉を通じて表現される段階で、そこには必ず想像力が働いており、生《なま》の現実は虚構化されてしまう。そしてそのことが逆に現実を一層蝕み掘り崩すという危機を招き寄せる。そうだとすれば、小説を書くことは、この危機を自ら背負うことに他ならないのではなかろうか？　この点について、三島は後年、「文字を用ひてものを書くといふことは、すでに、自分の現存在を言葉に移管し、自分の『生そのもの』を言葉に売つたことである」（「いかにして永生を?」、「文学界」昭42・10）と述べ、第十三章で引用する「『憂国』の謎」でも同趣旨のことを語っているが、この問題をはじめて正面から扱ったのが『金閣寺』なのである。ここに、小説家であることの意味を突き詰めようとする三島の姿勢を読み取ることができる。しかもこの問題は、想像力によって生み出される金閣寺の幻影が、溝口を性的不能に陥れる場面を通じて追究されている（これはモデルとは無関係な三島の創作である）。

そのとき金閣が現はれたのである。

威厳にみちた、憂鬱な繊細な建築。剝《は》げた金箔をそこかしこに残した豪奢の亡骸《なきがら》のやうな建築。近いと思へば遠く、親しくもあり隔たつてもゐる不可解な距離に、いつも澄明に浮んでゐるあの金閣が現はれたのである。

それは私と、私の志す人生との間に立ちはだかり、はじめは微細画のやうに小さかつたものが、みるみる大きくなり、あの巧緻な模型のなかに殆《ほと》んど世界を包む巨大な金閣の照応が見られたやうに、それは私をかこむ世界の隅々までも埋め、この世界の寸法をきつちりと充たすものになつた。巨大な音楽のやうに世界を充たし、その音楽だけでもつて、世界の意味を充足するものになつた。（中略）

下宿の娘は遠く小さく、塵《ちり》のやうに飛び去つた。娘が金閣から拒まれた以上、私の人生も拒まれてゐた。隈なく美に包まれながら、人生へ手を延ばすことがどうしてできよう。

これは溝口がはじめて女性と関係を持とうとした場面で、後に溝口はこの体験の本質を、「女と私との間、人生と私との間に金閣が立ちあらはれる。すると私の摑まうとして手をふれるものは忽ち灰になり、展望は沙漠と化してしまふ」ことと要約する。ここでは、虚無と不能の問題が改めて結びつけられている。そしてそれは、幼時から三島の内面を穿《うが》ってきた虚無が、自己回生のための小説創作によって一層深められてしまうという逆説の、比喩的な表現となっているのだ。

以上が指摘すべき第三点である。それでは、第四に三島は、こういう事態に対して最終的にどのような態度をとろうとするのだろうか。三島ははじめ溝口に、「金閣はどうして私を護らうとする？　頼みもしないのに、どうして私を人生から隔てようとする？」と独言させ、金閣の幻影に対する憎悪と敵意を表明させる。その背後には、想像力を揮《ふる》って小説を創作しようとする営みに向けての、三島自身の懐疑の念や警戒観を読み取ることができるだろう。

だが、三島が最終的に溝口に選ばせたのは、木造建築物としての金閣寺を焼き払うことではあっても、金閣寺の幻影を滅ぼすことではなく、従って三島も生を掘り崩す小説家の想像力の営みを否定することはなかった。なるほど溝口は、現実に放火行為を行い、そこに想像力の働きが介入する余地はないかに見える。だがその後も溝口は、「今私の身のまはりを囲み私の目が目前に見てゐる世界の、没落と終結」を想像する権利を失うことはないのであり、自殺企図も放棄して、あくまでも生きることを選ぶのである。これは、どこにでもいる平凡な一人の人間として生きようとする三島の気持ちの現われでは決してなく、むしろ反対に、想像力が生を蝕み人を一層深い虚無に陥れる危険を犯しても、あくまでも小説家として物を書くことを生きる根拠に据えようとする決意の現われと受け取ることができる。

想像力の問題

このように『金閣寺』は、小説家という顔を身につけることの意味を突き詰めて追究し、作家としてのアイデンティティを真に確立する上で、三島にとって極めて重要な意味を持つ作品である。だが、ここで次のような疑問が生じるかもしれない。『金閣寺』においては、想像力の働きは生と対立し、現実を掘り崩すものとして扱われているが、それは間違いなく真理なのであろうか。むしろ、想像力と現実との交錯から新たな力と生が生み出されるというのが、本当のあり方ではないか、という疑問である。

このように考えると、『金閣寺』で描かれる想像力のあり方は転倒しているように見えるが、それは三島の問いの立て方が間違っているからではない。むしろ、近代における想像力論がそもそも孕んでいた問題を三島が拡張してみせている、と見なすことができる。

近代とは、自然科学と実証主義的合理主義精神の拡大の影響で、前代に比べて想像力の可能性が著しく狭められた時代である。しかしその傾向に抗して、人は想像力の可能性と意義を改めて捉え直そうとしてきた。西洋近代の歴史において、カントの『判断力批判』やロマン（浪曼）主義的な想像力の賛美は、右のような文脈の中に位置づけることができるが、その延長上で近代的な想像力論を極端な形で展開したのは、サルトル（フランスの作家、思想家。一九〇五～一九八〇）の *L'imaginaire*（邦訳『想像力の問題』平井啓之訳、人文書院、昭30・1）である。同書は言う。「美とは想像界だけにしかあてはまりえず、その本質的構造のうちに世界の空無化 **la néantisation du monde** を含み持っている価値である」。ここでサルトルは、あくまでも想像的意識の自由な力を積極的に評価しようとしている。しかしそれは、近代化の進展とともに、いよいよ維持し難くなった想像力というものを守るための、いわば退却戦の中での反転攻勢のようなものなのである。それ故、サルトルが次のように続ける時、既に豊かな可能性を奪われた想像力は、現実を疎外し否定するという負の側面を代償として払わなければ、その力を発揮しえないことを暗黙の内に自認しているに等しい。

　しかしながら、私たちが現実的な出来事や対象を前にして審美的観想の態度をとる場合が起る。この場合には、誰でも自分のうちに観想の対象に対する一歩後退の態度を認めることができるし、その対象自体は空無の世界 **néant** に滑り込んでゆく。それは、この瞬間以降、その対象はもはや知覚されないということである。

このように考えるならば、『金閣寺』における想像力の扱われ方は、『想像力の問題』が描く想像力の負の側面を、一層強調して白日の下に晒《さら》したようなものだと言える。一見転倒しているようにも見えるが、それは近代の想像力論が原理的に内包していた問題を浮き彫りにするものなのだ。この意味で『金閣寺』は、たとえばコロンビアのガルシア＝マルケスが『百年の孤独』で反近代的な想像力を展開したのに対して、あくまでも近代的な想像力を極点まで突き詰め、そのことによって、近代という時代そのものをも照射するという思想史的意味を持っている。

『金閣寺』は、実際に起こった事件を素材としながらも、単なる社会的事件の再現であることを超えて、三島自身の作家的決意の表明であり、戦後の精神史の表現であると同時に、近代という時代そのものを問う思想にまで昇華された作品なのである。三十一歳でこれを書いた三島は、まさに一つの頂点を迎えたと言えるであろう。

第十一章　白昼《まひる》の文学

鹿鳴館

人生には、何をやってもうまくゆく時期というものがあるものだ。三島にとって、昭和三十一年は、まさにそのような年だった。今も述べたように『金閣寺』は三島文学を、そして近代文学そのものを代表する傑作だが、その連載終了直後の十一月には戯曲「鹿鳴館」(第一生命ホール、昭31・11・27〜12・9、演出松浦竹夫)の公演が始まり、さらに「文芸春秋」十二月号には短篇「橋づくし」が掲載され、いずれも発表直後から高い評価を得た。『近代能楽集』として発表された諸作が一冊にまとめられたのも、三十一年四月である(新潮社)。遺作評論『日本文学小史』(講談社、昭47・11)で三島が古今和歌集や源氏物語の時代を指して言った言葉に倣《なら》って、昭和三十一年を、三島文学の亭午(白昼)と呼ぶこともできよう。

ただし、「鹿鳴館」や「橋づくし」が傑作である理由は、『金閣寺』の場合とは異なっている。本章では「鹿鳴館」「橋づくし」の特徴についてやや立ち入って考察した上で、この二作品と

『金閣寺』との本質的な相違点についても明らかにしたい。まず「鹿鳴館」だが、これは文学座の創立二十年記念公演のトリとして企画されたもので、「悲劇四幕」と謳われ、その後も人気戯曲として、様々な劇団、キャストにより度々《たびたび》再演されている。ちなみに、三島はこの年三月に久保田万太郎の勧めで文学座に入座していた。

　舞台上の時は昭和三十一年から七十年前、明治十九年十一月三日の天長節（天皇誕生日）である。政府は外国との不平等条約改正を目指して鹿鳴館で舞踏会を催すなど欧化政策を進めていたが、影山伯爵も今晩鹿鳴館で夜会を主催することになっていた。これに対して、反政府運動を展開する自由党の残党が鹿鳴館への乱入を企てており、首謀者は清原永之輔である。だが、戯曲の主人公は影山や清原ではなく、清原のかつての恋人で、現在は影山夫人の朝子だ。この芝居は明治初期の政治状況を外枠として借りているが、登場するのは三島によって生み出された人物であり、その中心は朝子なのである。「鹿鳴館」は彼女をめぐって影山と清原、そして、かつて新橋の名妓《めいぎ》だった朝子と清原との間に密《ひそ》かに設けられた子・久雄が繰り広げる愛憎劇なのだ。

　その内容を詳しく追ってみよう。久雄は清原家に引き取られたものの、母のわからぬ子として粗略に育てられたため、世間では高潔な理想家として評判の高い父親に心中《しんちゅう》で憎しみの念を抱いている。影山はそんな久雄を唆《そそのか》して、清原が天長節の夜会を襲うところを狙って暗殺させようとする。そう察した朝子は、今も心の中で愛し続けている清原と二十年ぶりに再会し、ある約束を交わした。彼女は公《おおや》けの席を嫌う気持ちから、決して夜会には出ないという掟を自分に課していたが、この掟を破ることと引替えに、清原から夜会への乱入を中止する約束を取りつけたのである。一方、久雄に対しては、母であることを打ち明けた後、今晩の暗殺を取り止めさせた。

ところが、今度は影山がこれを察し、策をめぐらして清原を夜会におびき寄せ、久雄に射殺させようとする。しかし結果は、清原が久雄を撃ち殺したのだった。久雄はわざと撃ち損じて、咄嗟《とっさ》に清原に逆襲させ、そうと知らずにわが子を殺してしまったという後悔を清原に植えつけることによって、自分を愛することのなかった父に復讐を企てたのである。

朝子ははじめ、清原が約束を破って夜会を襲い久雄を殺したと考え激昂する。しかし、真実を語った清原が絶望してその場を立ち去ると、影山を厳しく責める。影山は、自分は単に政敵を倒したかったのではなく、長い時を経ても絶えることのなかった朝子と清原との間の信頼感が嫉ましかったのだ、すべては、「私の羞かしがりの気弱な愛情がやらせたことだよ」と答え、その後台詞《せりふ》の応酬が続く。

朝子　ああ、もうそんな風に物事を汚してかかるなさり方は沢山！

影山　汚して、だと？　私は清めてゐるんだ。あなたが政治だと思つてゐることを、私の愛情で清めてゐるのが……

朝子　もう愛情とか人間とか仰言いますな。そんな言葉は不潔です。あなたのお口から出るとけがらはしい。あなたは人間の感情からすつかり離れていらつしやるときだけ、氷のやうに清潔なんです。（中略）愛情ですつて？　滑稽ではございませんか。心ですつて？　可笑《をか》しくはございません？　そんなものは権力を持たない人間が、後生大事にしてゐるものですわ。乞食の子が大事にしてゐる安い玩具まで、お欲しがりになることはありません。

影山　あなたは私を少しも理解しない。

朝子　理解してをります。申しませうか。あなたにとつては今夜名もない一人の若者が死んで行つただけのことなんです。何事でもありません。革命や戦争に比べたらほんの些細なことにすぎません。あしたになれば忘れておしまひになるでせう。

影山　今あなたの心が喋つてゐる。怒りと嘆きの満ち汐のなかで、あなたの心が喋つてゐる。あなたは心といふものが、自分一人にしか備はつてゐないと思つてゐる。

朝子　結婚以来今はじめて、あなたは正直な私をごらんになつていらつしやるのね。
影山　この結婚はあなたにとつては政治だつたと云ふわけだね。
朝子　さう申しませう。お似合ひの夫婦でございましたわ。実にお似合ひの。……でも良いことは永く続きませんのね。今日限りおいとまをいただきます。
影山　ほう、さうしてどこへ行くのだね。
朝子　清原さんについてまゐります。
影山　死人との結婚は愉快だらうね。
朝子　巧くやつて行けますわ。死人との結婚……。私ほどそれに馴れてゐて、経験のある女がございませうか。

この後、二人は鹿鳴館で最後のワルツを踊るが、突如、清原の死を暗示する銃声が鳴り渡り幕となる。美文調の台詞と台詞が対決し大詰に向かって競《せ》り上がってゆく緊迫感の果てに、舞台は華やかな舞踏の場となり、一転、背筋の凍るような幕切れを迎えるのである。

「鹿鳴館」の筋は以上のようだが、これは一面から言えば、男女の三角関係を扱うメロドラマに他ならない。だが、三島はそれを骨太で奥行きのある愛憎劇に練り上げた。その手腕は実に鮮やかだ。第八、九章で述べたように、「卒塔婆小町」や「鰯売恋曳網」の成功で身につけた作劇法を、三島はここで伸びやかに展開していると言えるであろう。

また、「鹿鳴館」には、見得を切るような反写実主義的芝居によって演じられるべき場面が多いが、文学座という新劇劇団において写実主義的な演技を追求し続けた結果、芸域を狭く限定する傾向のあった俳優たちにとって、これは役者としての新たな可能性を開くことに繋がった。それは、三島が意図したことでもあって、だから彼は「この芝居はいはば、私のはじめて書いた『俳優芸術のための作品』である。戯曲といふものは、さうあるべきが当然だが、いろいろと作者の我欲がでて、いつもさういふ風には行かない。こんどは大分、その我欲を押へ得たと思つてゐる」（「『鹿鳴館』について」、「毎日新聞（大阪）」昭31・12・4）と述べ、また初演のプログラムでも「ヒロインを演ずる杉村春子さんの久々の出演を、私は作者としてよりも、一観客としてたのしみにしてゐる」と語っている。この点において、新劇の歴史上、「鹿鳴館」が果たした役割は決して見逃すわけにゆかない。

それはまた、「鹿鳴館」は新劇でありながら、様式の美学をふんだんに盛り込んだ芝居ということでもあった。この意味では、「鹿鳴館」は水谷八重子を主演とする昭和三十七年の新派公演で、より完成された舞台に達したとも言える。というのも、新派には独特の様式美があるからで、これについては第十五章で再び言及することになるであろう。

橋づくし

「橋づくし」は「文芸春秋」十二月号内の、「特選・短篇小説集」の一篇として掲載された。平野謙はこれについて、「三島由紀夫の『橋づくし』がいちばんおもしろかった。（中略）結末にいたるまで、心にくい巧みさで一貫した作品である」（「毎日新聞」学芸欄、昭31・11・21）と述べている。

主な登場人物は、銀座の芸妓小弓（四十二歳）、かな子（二十二歳）、新橋の料亭・米井の箱入り娘である満佐子（二十二歳）で、彼女たちは、陰暦八月十五日の夜、口をきかず知人から話しかけられることもなく同じ道を通らずに築地川の七つの橋を渡りきれば願いが叶《かな》う、という願掛けをする。願いの内容は、小太りで大食癖のある小弓はお金が欲しい、旦那運の悪いかな子は良い旦那に恵まれたい、大学の芸術科に通う満佐子は映画俳優のRと結ばれたい（Rのモデルは市川雷蔵とも言われる）というものである。夜道を心配に思った満佐子の母が、山出しで色黒の米井の女中みなをお供として同伴させ、四人は小弓を先頭に三吉橋から渡り始めた。

ところが、四番目の入船橋の手前で、かな子が腹痛のため脱落する。第五の暁橋を渡る途中で、小弓は頭がおかしくなって妓籍を退《ひ》いた旧知の女に声をかけられ願が破れてしまう。次第に気持ちが高ぶってきた満佐子は第六の堺橋を急いで渡ったが、すぐ後ろに黒い塊《かたま》りのようなみながむっつりした顔でついてきた。彼女も何か願い事をしているらしいが、満佐子にはそれが気味悪く不安で、早く第七の橋を渡ってしまわなければ、自分の願い事が霧散してしまうような恐怖を覚える。

ついに最後の備前橋に辿り着き袂で手を合わせていると、自殺者と間違えた若い警官に見咎められる。満佐子は走って橋を渡ろうとしたが、腕をつかまれた拍子に思わず声を上げてしまい、その隙にみな一人が橋を渡りきった。後日、満佐子はみなが何を願ったのか度々問い詰めたが、彼女はにやにや笑って答えようとしないのだった――。

満佐子のモデルは、昭和二十九年七月に歌舞伎座で出会って以来、三島と深い関係にあった赤坂の料亭の娘である（第九章参照）。橋づくしの願掛けも、大阪に伝わるものとして彼女が聞き知った風習を、三島に伝えたものだ。このような拠り所があるため、「橋づくし」には花柳界に生きる女たちの様子が非常に丁寧に描かれ、これが「橋づくし」の大きな魅力になっている。しかし、モデルについては次章で改めて扱うことにしよう。「橋づくし」については、「私がかねがね短篇小説といふものに描いてきた芸術上の理想を、なるたけ忠実になぞるやうに書いた作品で、冷淡で、オチがあつて、そして細部に凝つてゐて、決して感動しないことを身上にしてゐる」（『三島由紀夫短篇全集5』あとがき、講談社、昭40・7）との三島の自注があるが、ここでは短篇小説としての「橋づくし」の構造や構成上の特徴について考察することにしたい。

第一に、この作品は四人が橋を無事に渡り終えるかどうかという期待と不安を読者に抱かせるサスペンスの構造を備えている。しかも付き添いに過ぎないみなだけが願掛けを達成するというどんでん返しの展開が鮮やかで、その点ではコントの構造を持つ。さらに文体は、登場人物の心情の高まりとは対照的に冷静、簡潔で、一種のハードボイルド的な魅力を備えているとも言えよう。

近松門左衛門の「心中天網島《しんじゅうてんのあみじま》」との関連において本作を読むこともできる。「橋づくし」の冒頭には、心中を決意した紙屋治兵衛と遊女小春が死場所を求めて彷徨《さまよ》う「名ごりの橋づくし」の場面から次の一節が引用され、エピグラフとして掲げられている。

元はと問へば分別のあのいたいけな貝殻に一杯もなき蜆《しじみ》橋、短き物はわれわれが此の世の住居秋の日よ。

しかし三島は、「心中天網島」を単なる創作の下敷きにしたわけでなかった。蜆橋は、かつて大阪の蜆川に架かっていた橋で、引用は蜆の貝殻一杯分の分別もない治兵衛と小春の愚かさを語る場面だが、これを近松は美しい詩句で綴っている。その言葉に誘われるようにして、二人は幾つもの橋を渡った果てに死場所を得る。これは不幸な出来事には違いないが、しかし切実な願いの成就でもあって、だからこそ悲劇として人の心をうつのである。ところが、昭和三十一年頃の築地界隈は、古風な行《ぎょう》を真摯に行う女たちの心情とは裏腹に、ガソリンスタンドの趣《おもむき》のない燈火の反映で深夜の橋が白く浮き上がって見えるような殺風景な街であったことが作中で語られる。三島自身、取材のために「築地近辺の多くの橋を踏査に行つた私だが、予想以上にそれらの橋が、没趣味、無味乾燥、醜悪でさへあるのにおどろいた」（「『橋づくし』について」、本作が新派の芝居として上演された際のプログラム、昭36・7）と述べている（ちなみに現在では橋の下には高速道路が走っている）。しかも、橋を渡りきるのはみな一人であり、それはあたかも満佐子たちの、さらには治兵衛と小春の願いまでをも、あざけり否定するかのようだ。こういう点では、三島はむしろ「心中天網島」の作品世界を転倒させたパロディーを創作したのだと言えよう。

このように、「橋づくし」は「鹿鳴館」と同様に、実に巧みに構成された作品である。『金閣寺』で大きな成功を収めた三島は、これに続いて短篇小説や戯曲においても才能を存分に発揮しているのである。

ただし、『金閣寺』において三島は小説家の想像力と虚無との関係を追究した。それはまた、近代という時代そのものを問う思想にまで昇華された。ところが、「鹿鳴館」や「橋づくし」においては、虚無の問題は重要な意味を持っているわけではない。

もっとも「橋づくし」で、あえて「短き物はわれわれが此の世の住居秋の日よ」という箇所をエピグラフに用いたのは、結局のところすべては滅びるという無常の感覚だけが、自作の「橋づくし」と「心中天網島」との共通点として三島の心に響いたためだと思われ、こういうところに、虚無的なるものの反映を認めることは可能である。「鹿鳴館」においても、人間同士の信頼や信義を否定しようとした影山や、二十年間にわたって清原への愛を封印し久雄への想いを凍結してきた朝子は、ある意味で虚無の人に他ならない（影山の朝子に対する怒りは、同じ虚無の人としての「同士愛」を裏切られたことによる怒りだったと言える）。だが、虚無的な要素は、ここではあくまでも作品に苦味と奥行きを与えるスパイスとして、絶妙な効果を発揮しているのである。虚無に深く沈潜して『金閣寺』を書き上げる一方で、虚無をそつなく扱って才気溢れる戯曲や短篇を相次いで発表する。それが、昭和三十一年の三島であった。

第十二章　栄光と焦燥

ボクシングをする文学者

昭和三十二年になっても、三島の勢いは止まらなかった。一月には『金閣寺』が読売文学賞を受賞する。続いて三島は、人妻の不倫を扱った小説『美徳のよろめき』（「群像」昭32・4～6）を発表し、六月に講談社から単行本化されると、同書は一躍ベストセラーに躍り出て、「よろめき」という言葉が流行語になった。十月には月丘夢路主演の日活映画「美徳のよろめき」が封切られている（中平康監督）。肉体関係を結ばずに婚約期間を過ごそうとした男女の関係を洒脱に描く『永すぎた春』も、若尾文子、川口浩の主演で大映が映画化し、昭和三十二年五月に封切られた（田中重雄監督）。ちなみに、『永すぎた春』は『金閣寺』の発表と同時期に雑誌「婦人倶楽部」（昭31・1～12）に連載されたものだが、これは複数の仕事を同時にこなすことによってバランスを保とうとする、三島の平衡感覚の現われでもあろう。

また、十七世紀フランスの劇作家ラシーヌの「ブリタニキュス」を、昭和三十二年三月に文学座が公演した際には、安堂信也の訳文に修辞を施すという立場で三島も深く関わった。「ブリタニキュス」は、先帝の皇子ブリタニキュスを殺害したとされるローマの青年皇帝ネロンを描く悲劇で、文学座にとってフランス古典悲劇へのはじめての挑戦だったが、舞台は見事な成功を収める。

三島人気は海外にも広まった。昭和三十一年に英訳『潮騒』（メレディス・ウェザビー訳）が三島作品のはじめての外国語訳として米国のクノップ社から刊行され好評を博し、翌三十二年には同社刊の『近代能楽集』（ドナルド・キーン訳）も世に出たのである。

当時の日本文壇では、昭和三十一年一月に「太陽の季節」で芥川賞を受賞した石原慎太郎も華やかな存在だった。慎太郎に比べると三島は七歳ほど年長である。しかし、それでもまだ三十代前半に過ぎない。そのような若さにもかかわらず大家の一人と目された三島は、それまでの仕事の総決算として新潮社から『三島由紀夫選集』（昭32・11～34・7）を刊行することになった。既に昭和二十八から二十九年にかけて、同じ新潮社が『三島由紀夫作品集』全六巻を刊行しているが、今度の企画は全十九巻の本格的なものである。三島は編集方針に特別なこだわりを見せ、「著者の言葉」（「三島由紀夫選集内容見本」昭32・11）として、「ふつうの選集ではない、何か面白い編輯のものにしたいと思つた。私一個の作品集といふばかりでなく、年代年代の文壇の情勢や社会情勢も、できるだけその背後に読みとれるやうなものにしたいと思った。そこで作品を年代順に並べ、当時の座談会や、作品についての賛否両様の批評をもできるだけ挿入することにした」と語っている。

このように、三島の仕事ぶりは非常に充実していたが、文学以外の領域でも特筆すべきことがある。それは、昭和三十年九月にボディビルを始めた三島が、体力に自信がつくとともに、神輿担《かつ》ぎやボクシングの練習にも手を染めるようになったということだ。ボクシングには以前から興味を抱いていたが、今回は日本大学拳闘部の小島智雄監督の指導の下に、週に二、三回の練習をすることにしたのである。さすがに体がもたず、脳に悪影響を与えるという懸念もあって一年ほどで止めるが、かわりに昭和三十三年には剣道の稽古を開始した。

なぜ三島は、スポーツの世界に積極的に足を踏み入れたのだろうか。それは元々病弱で、第八章で述べたように「肉体的な存在感」の欠如に苦しんだ三島が、自身の反対物を我がものにしようとする気持ちから始めたことだった。ところが、神輿担ぎやボクシングをする三島の姿が新聞雑誌の写真などで紹介されると、選集も刊行されるような大作家が、常識的な作家像を裏切る振る舞いをするということ自体が、世間の耳目をひくようになる。昭和三十一年は、従来の新聞社系週刊誌とは別に出版社系の「週刊新潮」が発刊した年である。その成功により週刊誌ブームが訪れるが、三島はこうしたマスコミ時代の併走者、というより先導者の役割を、自《みず》ら買って出たと言うこともできるだろう。こうして三島は、作家という枠を超え、時代の寵児となってゆく。

剝《は》ぎ取られた仮面

それはまた、『金閣寺』を著わした作家としての顔だけではなく、複数の仮面を三島が被《かぶ》るようになったということだった。しかし、あまりにも多くの仮面を持ち過ぎることは、腰を落ち着けるべき居場所の喪失にも繋がる。この意味では、誠に皮肉な成り行きだが、多彩な活動の影で、一種の不安定感が三島を蝕みつつあったとも言えるであろう。では、より私的な生活においては、三島はどんな顔を見せていたのか。ここで、前章で触れた赤坂の料亭の娘・貞子との関係について述べることにしたい。

昭和三十一年の元旦を三島は彼女とともに祝い、三月に『金閣寺』の取材のため京都を訪れた際には、貞子を同道して祇園花見小路の旅館に宿泊している。この頃から、歌舞伎座で出会って以来一年半を経た二人の関係に大きな変化が兆していた。そして京都旅行後、向島の料亭・八百松で、三島は彼女の不感の傾向がはじめて完全に癒やされる瞬間に際会する。これは、前出の『見出された恋』に記されていることだが、猪瀬直樹も昭和三十一年のこととして、奥野健男の次の証言を紹介している。

> 奥野健男は、六月三日の日曜深夜二時過ぎ、三島から突然、電話がかかってきたという。(中略)電話口の三島は、だいぶ酔っており、自分は性的に女性を充分に満足させられ《ママ》ることができた、とくどいくらい繰り返し、自慢した。(『ペルソナ　三島由紀夫伝』)

右の二つの著書の記述は照応するので、やはりこれに相応する事実が、実際に存在したと考えてよいであろう。

そうだとすれば、これは三島にとって極めて大きな意味を持つ出来事である。女性が性的に充分に感応したということは、男性の側から見ても不能の恐怖に押し潰されることなく行為を遂行できたということだ。『潮騒』の新治に同一化しようとした時以降も、依然として不能へのこだわりを解消できていなかった三島は、今はじめて世間の通念に適合するような大人の男としての顔を身につけることに成功したのである。

このように書くと、私生活においても三島はたいへん恵まれていたように見える。ところが皮肉なことに、まさにそれ故にこそ三島は深刻な葛藤に見舞われることになった。というのも、三島にとって不能という体験は虚無という問題と、そして生を掘り崩す作家の想像力の問題と、分かち難く結びつくようになっていたからである。それは、執筆中の『金閣寺』の重要なテーマとして位置づけられていた。しかし性的な関係の成就は、虚無の問題を文学において追究しようとするモチーフを根こそぎ消し去ってしまうかもしれない。もし、三島にとって文学が大事であるなら、性的な相手としての女性は否定されなければならないのである。別の角度から言えば、性関係の成就は、女性に対する愛の条件を根底から揺るがす事態に他ならなかった。この矛盾に満ちた経緯については、ある意味で三島は既に『沈める滝』で事実を先取りするように描いていたが、これが現実の問題として三島の前に立ち現われたのである。この葛藤に、どのように立ち向かったらよいであろうか？

しかし、心の内面においては、三島の答は既に決まっていたであろう。昭和三十一年八月十四日、三島は滞在先の熱海ホテルで『金閣寺』の最終章を書き上げる。そして、これに合わせて呼び寄せた貞子と、十六日に割烹旅館の緑風閣に出かけるが、その晩は無縁の霊を供養する施餓鬼の法会の船が眼下に眺められた。この時の体験を素材として、三島は短篇小説「施餓鬼舟」（「群像」昭31・10）を発表したが、そこには当時の三島の心理が如実に現われている。

「施餓鬼舟」は、熱海のある旅館における父子の会話で成り立っている。高名な作家である父は、息子を産んですぐ亡くなった妻の生前の様子と夫婦の生活について、次のように語る。

それはなあ、お前には想像もつかぬやうな幸福な生活だつた。（中略）毎日ちがふ着物を着、目まぐるしいほど髪の形を変へた。……私は生れてから、そんなに人間的なものの近くにゐたことはなかつた。徐々に私はそれに感染した。人間的なものすべてと私は和解して、この世のしきたりをみんな受け容れた。

ここには、貞子に対する三島の思いが、そのまま投影されていると見てよいだろう。彼女との交際によって三島が幸福を体験したこと自体は疑えない。だがこの小説は、「しかしね、お前には言ひにくいことだが、お母さんが死んでくれたのは、私にとつては恩寵だつたのだよ」という、作家としての父の恐ろしい告白で、幕を閉じるのである。

ここで三島がやろうとしているのは、幸福をもたらした女性の存在を抹殺することであり、自《みず》ら努力して被ろうとし、今や素顔の一部になりかけた女を愛する男という仮面を、強引に剥ぎ取ることとであった。それは単に貞子を否定するだけでなく、自己の一部をも否定することだったが、三島は、あたりまえの幸福とは無縁であるという、まさにそのことが存在理由であるような芸術家の顔を、改めて身につけようとするのである。

この「施餓鬼舟」執筆の時点で、三島の心中《しんちゅう》では、彼女と別れる決意は既に固まっていたのではないかと私は思う。しかし実際には、新派劇化された「金閣寺」を新橋演舞場でともに観劇した（昭和三十二年五月五日）後、しばらくして別離の日が訪れた。『見出された恋』によれば、貞子は小説「施餓鬼舟」については特に印象を持たなかったようだが、三島との将来に諸々の不安を感じ、自分から終止符を打ったことになっている。事実その通りかもしれない。しかしそれは同時に、三島が内心求め導いた成り行きでもあっただろう。

ニューヨークでの孤独

昭和三十一年から翌年にかけて、三島はこのような内面のドラマを生きていた。他方、文学的、社会的な華々しい活躍の影で、一種の不安定感が三島を蝕みつつあったことは、既に述べた通りである。実のところ、それは、相当な緊張を強いる時間の連続であったに違いない。緊張が高まったとき、別の緊張を経験することによって精神状態の転換を図ろうとする傾向が三島にはあるが、ちょうどこの時は、英訳『近代能楽集』がクノップ社から刊行されるのに合わせて渡米したことが、精神の仕切り直しの役割を果たすことになった。

三島が旅立ったのは昭和三十二年七月九日である。ミシガン大学で講演してからニューヨーク入りした三島は、当時五二丁目のパーク・アベニューの東にあった高級ホテル（ホテル・グラッドストーン）に滞在した。英訳『近代能楽集』には、「卒塔婆小町」「綾の鼓」「邯鄲」「葵上」

「班女」の順で五篇が収められ、英題は *Five Modern Nō Plays* と称したが、その出版記念会が盛大に行われ、「ニューヨークタイムズ・ブックレヴュー」が同書を紹介すると、複数のプロデューサーが上演希望を申し出る。三島はオフ・ブロードウェイの小劇場でロングラン公演をやるというキース・ボッツフォードの案を採用した。ボッツフォードが勤務するＣＢＳテレビの同僚チャールズ・シュルツもプロデュースに加わり、彼らを信頼した三島は、公演前にキューバ、メキシコなどを中米諸国や米国ニューメキシコ州、ルイジアナ州などをまわる旅行に出かけることにする。精神の転換を企図した三島にとって、ここまでは望ましい展開であった。

ところが、この後は三島にとって不本意な出来事が続くことになる。十月二日にニューヨークに戻ると、すぐにも上演することになっていたはずの企画は、全く進行していない。日本の伝統芸能に興味はあるが、能そのものは難解過ぎるという米国人にとって『近代能楽集』は格好の入口だったのだが、資金が集まらず公演の目処《めど》が立たなかったのである。

計画を練り直したボッツフォードは「卒塔婆小町」「葵上」「班女」という三つの芝居を、三幕物の一つの戯曲として書き直すことを提案し、三島も直《ただ》ちに *Long After Love* という草稿を書き上げる。題名はボッツフォードの命名で、「恋のずっと後」と「恋を慕う」という二つの意味を兼ねる洒落であった。しかし、主役俳優が決まらず、資金集めも依然として難航した。

三島も金銭的に余裕がなくなり、十二月二日にはグリニッチ・ヴィレッジの一日四ドルの安宿（ホテル・ヴァン・ランセレア）に移らざるをえなくなる。期待を裏切られ、騙された形になった三島と、ボッツフォードとの関係は険悪になり、こうして三島の思惑とは裏腹に、ニューヨークでの三島は焦燥と不安と孤独の中に陥ってしまった。

歯車が狂い何もかもが裏目に出ることがある。わずか一年前とは打って変わり、この時の三島がそうだった。三島は既に公演の宣伝をしていたので、現地の日本人社会ではそのことが話題になっていたが、十四日のジャパン・ソサエティのパーティーでも、口々に「芝居はいつ上演されるのか」と訊かれ、三島は答に窮する。しかも、不思議な偶然により、三島は夫に従いニューヨークに来ていた邦子（第五章参照）とそこで偶然再会するのである。強い衝撃を受けた三島は、上演を待たずに帰国の準備を始め、三十一日にニューヨークを離れると、マドリッド、ローマを経て、一月十日に日本に帰国した。

このように、滞米は三島にとって実に不幸な体験になってしまった。だが、かつて交際していた女性との再会によって三島が受けた衝撃の意味については、改めて考える必要がある。それは、単にきまりが悪いというようなことではない。そもそも、不能が単なる性行為に関する事柄ではなく、虚無という事態と深く関わることを最初に三島に教えたのは彼女である。その虚無に襲われる危機を（いや、そればかりか、その他諸々の危険を）、三島は『仮面の告白』を執筆することで乗り越えようとした。そうだとすれば、自分が今一番に行うべきことは、海外滞在によって精神状態の転換を図ったり、当てもなく公演を待つことではなく、やはり小説を書くこと以外にはない。彼女はそのことを三島に思い起こさせたとは考えられないだろうか。事実、二十一日に三島に会った吉田満（作家。当時日本銀行ニューヨーク事務所勤務）は、帰国後すぐに着手したい長篇小説があると言って、三島が熱心に取材していたことを伝えているが（『戦中派の死生観』）、この一件をきっかけにして、三島の思いは新しい小説執筆へと直ちに切り替えられたのだ。三島が本当の意味で精神の仕切り直しを行ったのは、まさにこの時だったと言えるかもしれない。

ただし、三島は義理を欠く人間ではなかったことは、ここで付言しておくべきだろう。ボッツフォードとの関係は決定的な対立に至っていたが、ドナルド・キーンが友人として仲介し、はっきりした上演の目処《めど》は立たなかったものの、離米を前に二人は和解したのである。帰国後三島はキーンに手紙を書き、「Keith（キース・ボッツフォード―引用者注）と和解できたのも貴下のおかげで、気持よくニューヨークを発つことができました。本当に感謝してゐます」（昭33・2・3）と述べている。

第十三章　転　落

鏡子の家

昭和三十三年一月十日に帰国した三島は、以前から文学座の杉村春子と執筆約束を交わしていた戯曲「薔薇と海賊」（女流童話作家と白痴の青年の恋愛を扱った三幕物のコメディー）を書き上げると、直《ただ》ちに長篇書下ろし小説に取りかかった。稿を起したのは三月十七日である。『鏡子の家』と名づけられた新作は、翌三十四年六月二十九日に九四七枚をもって完成し、九月に新潮社から書下ろし長篇、第一部、第二部の二冊本として刊行された。

『鏡子の家』は、昭和三十一年から三十二年にかけて、多彩な活動の影で不安定感に蝕まれ、望み通りに貞子と別れながら自己否定の傷も負い、さらにニューヨークでしたたかに焦慮と孤独を味わった三島が、『金閣寺』以上の文学的成功を目指し総力を挙げて執筆した作品である。現況を超克し自己回生を図るために書かれたという意味では、三島にとって『仮面の告白』以降もっとも重要な小説であり、その意気込みは、鉢の木会のグループが同人となった季刊誌

「声」創刊号（昭33・10）に『鏡子の家』の冒頭を特別に寄稿したことにも現われている。

　作品内の時代は昭和二十九年四月から三十一年四月である。それは、朝鮮戦争の休戦（昭28・7）により特需が終わり未曾有の不景気に陥った時期から、三十年になって景気が好転し、三十一年の『経済白書』に述べられた、もはや戦後ではない、という言葉通りに、経済が力強く成長した時期である。だが、時流に逆らい太平洋戦争後の焼跡時代に郷愁を覚える友永鏡子は、信濃町の屋敷から良人《おっと》を追い出し、自宅を青年たちの集まるサロンとして解放していた。主な客は、財閥系商社の優秀な社員で副社長の娘と結婚する杉本清一郎、N新聞社賞を受賞した新進日本画家の山形夏雄、ボディビルに熱中する美貌の新劇俳優舟木収、大学卒業後にプロのボクシング選手となって活躍する深井峻吉の四人である。彼らはそれぞれの道で成功を収めたかに見える。しかしその実、いずれも胸中に時代や他者からの孤絶感を抱き、特に清一郎にいたっては、世界は必ず破滅するという考えを妄信していた。

　以上が第一部で、第二部ではこの四人がそれぞれ危機や悲劇、あるいは滑稽で皮肉な事態に見舞われる。夏雄は富士山麓の青木ヶ原樹海を取材した際に、目の前の物が消滅し世界が崩壊するという体験に襲われ、その後、絵が描けなくなる。収は母親の借金のかたとして、加虐の嗜癖のある女高利貸の愛人となり、最後には自《みずか》ら進んで女に殺される。峻吉は全日本チャンピオンになったその晩、チンピラに拳を砕かれて選手生命を絶たれ、その後知人に誘われるままに右翼団体の幹部となる。清一郎は、赴任先のニューヨークで同性愛の米人男性に妻を寝取られてしまう。鏡子も生活難から独身生活を続けられず、サロンを閉鎖して夫と再婚せざるをえなくなった。しかし良人を家に迎える直前に、いったんは神道霊学系の神秘主義に囚われかけたものの最後にはそこを離れて芸術家としての自己を取り戻した夏雄がメキシコ留学を決意し、鏡子の家に別れを告げに来る。その晩鏡子は童貞の夏雄とはじめて関係を結ぶが、これを最後に鏡子のサロンは幕を下ろすのだった。

『金閣寺』を超えて

『鏡子の家』は「私の『ニヒリズム研究』」（『裸体と衣裳』新潮社、昭34・11）だと三島は述べている。『金閣寺』においても、作家の想像力によって生が掘り崩される危機としてニヒリズム（虚無）の問題が問われたが、『鏡子の家』においてこれを第一に引き継ぐのは夏雄である。彼にとって絵を描くことは、「この活《い》きて動いてゐる世界を、色と形だけの、静止した純粋な物象に変へてしまふこと」で、風景が「夏雄の心の中で迅速な分解作用をはじめ」ると、そこからはじめて「制作のさまざまな無限の自由がはじま」る。だが、こうした営みを続けた代償として、展望台から樹海を見下ろす夏雄は世界崩壊体験に襲われる。

端のはうから木炭のデッサンをパン屑で消してゆくやうに、広大な樹海がまはりからぼんやりと消えかかる。おのおのの樹の輪郭も失はれ、平坦な緑ばかりになる。その緑も覚《おぼ》束《つか》なくなつて、周辺はみるみる色を失つてゆく。……夏雄はこんなことはありえないと思つて眺めてゐるのに、樹海は見る見る拭ひ去られてゆき、ありえないことが的確に進行してゆくのである。

（中略）

潮《うしほ》の引くやうに、今まではつきりした物象と見えてゐたものが、見えない領域へ退《しりぞ》いてゆく。樹海は最後のおぼろげな緑の一団が消え去るのと一緒に、完全に消え去つた。そのあとには、あらはれる筈の大地もなく、……何もなかつた。

（一行アキ）

恐怖にかられて夏雄は赤土の急斜面を駈け下りた。

そして夏雄は、「僕の目はもう見えない」と戦《おのの》く。世界が崩壊する時、主体も同時に崩壊するのである。芸術という営みが孕むこのような危機は、『金閣寺』においては溝口の不能体験という形を通じて描かれたが、ここではそれが、芸術それ自体の問題として直接的に示されている。もっとも、三島が最終的に強調するのは芸術の勝利なのだが、この点についても、放火犯に仮託して描かれた『金閣寺』よりも、ニヒリズムの危機を潜り抜けて再び画業に身を捧げる夏雄を代表的な主人公とする『鏡子の家』の方が、芸術家としての三島の姿勢がより鮮明に現われ出ている。この意味で、『鏡子の家』は不能の問題を芸術の問題に止揚した上で、『金閣寺』の主題を一層明確に打ち出そうとした作品だと言えるだろう。

だが、『鏡子の家』が目指したものはここに止《とど》まらない。三島は「南日本新聞（夕刊）」（昭34・10・29）でのインタビューで次のように述べている。

「主題は一口にいって〝ニヒリズム〟です……ぼくは〝金閣寺〟でもこれをある程度やったわけですが、あれは一人の人物に集中した形だった。こんどはそれを普遍化して時代を描こうとしたんです。これは前から考えていたんだが、二十世紀初頭のヨーロッパの精神状態はニヒルの一語につきるんですね。飯を食うのも、町でタバコを買うのもニヒリズムに支配されているような状態……日本にはそんな大きなニヒルはなかったんだけれども、あの小説に描いた朝鮮動乱後の時代から同じようなものが出て来たと思うんですよ」

これによれば、三島は二つの方向に主題を拡大した。すなわち、一人の芸術家を襲う危機を一方では二十世紀初頭のヨーロッパにおける精神状況に重ね合わせ、同時にこれを朝鮮戦争後の日本の時代状況に結びつけたのである。こうした点において、『鏡子の家』の射程は『金閣寺』を大きく超えている。

前者に関して三島が具体的に念頭に置いていたのは、後年の中村光夫との『対談・人間と文学』（講談社、昭43・4）での発言からわかるように、ホフマンスタール（オーストリアの作家。一八七四〜一九二九）の「チャンドス卿の手紙」とサルトルの『嘔吐』である。三島は中村に対して、「あなたが坐っているように見えるが、あなたはいないのだ、ものを食っているようだけれど料理なんかありはしないのだ。そういうところから出発して、それをどうして言葉で表現したらいいだろうか」、「それはホフマンスタールが『チャンドス卿の手紙』のなかで書いている。（中略）チャンドス卿が庭を歩いていると如露がある、そのうち、どうして如露という名前がついていて、どうして如露という存在があるのかわからなくなってきた。いままでそれは自分で如露だと思って見ていたが、何だかわからなくなってしまった。そこからだんだん物が見えなくなっちゃって、こわくなって友達に手紙を書く。あれはそういう体験に対する最初の声で、それはサルトルの『嘔吐』まで行くのですね」と言っている。

ここに語られているのは、樹海における夏雄の体験と同種のものだが、より厳密に考えるならば、夏雄を襲うのは「チャンドス卿の手紙」や『嘔吐』に描かれた危機より一段と深まったニヒリズムである。というのも、実はチャンドス卿は、単に「物が見えなくな」るのではない。彼の体験を正確に言うならば、それは言葉と観念との自明な結びつきの乖離であり、しかしそのかわりに如露のような物象が、あたりまえの使用法や目的を失って、言葉では言い現わし難い霊的な何ものかになるということである。『嘔吐』に即して言えば、マロニエの根という言葉が消滅し、かわりに existence（存在）がヴェールを剝《は》ぎ取られて現われることである。ところが、夏雄を襲うのは、言葉ではなく存在そのものの喪失であり、それはニヒリズムの深刻さがより深まった事態なのだ。

一方三島は、この小説で戦後日本の、特に朝鮮戦争後の時代状況を描こうとした。これについては、「毎日新聞」（昭34・9・29）のインタビュー記事でも、「作家の野心は〝個人を描く〟ことから〝総括的な時代の壁画を描こう〟というふうに変わっていくものなのだ」と語っている。そのために三島は、ボクサーの峻吉については、昭和三十二年八月に日本バンタム級王者になった石橋広次をモデルとして取材し、商社マンの清一郎に関しては、財閥解体により解散したものの昭和二十九年に再合同した三菱商事を取材、俳優の収については描く際にも新劇の現況を反映させるなどして、作中に同時代の事象をふんだんに取り込んだ。こうして三島は、自信をもって『鏡子の家』を世に送り、読者も期待をもってこれを迎えようとしたのである。

はじめての失敗と結婚

ところが、蓋を開けてみると『鏡子の家』は不評で、座談会「一九五九年の文壇総決算」（「文学界」昭34・12）では、「三島さんという人は、『潮騒』にしても、『美徳のよろめき』にしても、失敗作じゃないんですよ。こんど初めて大きな失敗をしたんですよ」（山本健吉）とまで言われた。三島は非常に落胆し、このことが以後の三島の歩みに深刻な影を投げかけることになる。

だが、失敗作と言われてもやむをえぬ欠点が『鏡子の家』にあったことは否めなかった。なによりも、『鏡子の家』が発表された昭和三十四年は岩戸景気（昭33・6〜36・12）と呼ばれる好景気の只中《ただなか》にあった。そういう時期にあって、焼跡時代に郷愁を覚え深いニヒリズムに囚《とら》われる人物を描くのは、あまりにも時代の空気にそぐわぬことである。『金閣寺』の頃には、まだ戦後復興と経済成長に対する違和感が、人々の間に蟠《わだかま》っていたと言えるが、わずか数年の内に、時代は大きく変化した。また、三島は作中人物の造形に同時代の事象を取り入れ、同時に二十世紀初頭のヨーロッパの精神状況、さらにはこれを一段と深めたニヒリズムにまで視野を広げたが、それらが作中で説得力をもって結びつけられているとも言い難かった。画家はともかく、ボクシング選手やエリート社員までもが、ホフマンスタールやサルトルが見据えた以上のニヒリズムに襲われているという設定は、高度成長期を生きる当時の読者には不可解な印象しか与えなかったのである。

けれども、『鏡子の家』が『金閣寺』以上に虚無に沈潜することによって、背筋の凍るような凄みを放っていることも確かである。そしてそれは、三島自身の結婚と深い関係があった。一般的な人生のあり方からするといかにも唐突なようだが、昭和三十三年に三島は結婚したのである。その経緯は以下のようである。

三島が結婚を急いだ要因の一つは、母・倭文重の体調不良だった。悪性腫瘍と診断された倭文重は、昭和三十三年五月一日に手術を受ける。その結果、腫瘍は良性と判明するが、三島には早急に結婚までの段取りを固め、母親を安心させたいという思いがあった。そこで、日本画家杉山寧《やすし》の長女・瑤子《ようこ》（昭12・2・13～平7・7・31）と交際を始めたのである。瑤子を紹介したのは、鏡子のモデルの一人となった湯浅あつ子だった。二人が最初に会ったのは四月十三日、銀座のドイツ料理店・ケテルで、二十一歳の瑤子はまだ日本女子大学英文科在学中だったが、五月三日には平岡、杉山の両家で話し合いが持たれ、九日に結納が交わされる。そして、六月一日に川端康成夫妻の媒酌により明治記念館で挙式の後、麻布三河台町の国際文化会館でカクテル・パーティー形式の披露宴が行われた。

三島の女性関係はいつも突然で、ご都合主義的にも見えるが、ここで三島が邦子や貞子と関わって来たそれまでの自分を清算し、瑤子を人生の大切なパートナーとして選んだのは確かである。夫に寄せる瑤子の信頼も篤く、二人は新婚旅行で箱根、熱海、京都、大阪、別府を回り、翌年六月二日には長女・紀子が生まれる。それに先立つ三十四年五月には、文学座の長岡輝子の紹介で、目黒区緑が丘を離れて馬込に新居を構えた。ビクトリア朝風コロニアル様式と呼ばれる悪趣味で奇抜な家だが、三島はそこに、家族とともに新たな生活を始めようとする思いを込めたのである。

ところが、三島は『鏡子の家』において、その思いを台無しにしてしまう。というのも、自身の結婚を、副社長の娘と結婚する杉本清一郎の造形に生かした三島は、清一郎を「自分の結婚が、自分自身とは何ら関係のないことだと考へ」る人物として設定し、婚約者を前にして、「遠からずすべては滅びることがわかつてゐるのに、副社長の娘と結婚することが一体何だらう」、「俺のまるきり実感のない日常生活、俺の荒唐無稽な実生活がこれからはじまるんだ」などと独白させて、最後にはその妻を同性愛者と姦通させてしまうのである。

小説において、こういう人物を描いたからといって、それが作者の立場を代弁するものでないことは言うまでもないが、現に新婚生活を送っていながら、これを作品において右のように扱ってしまうことの毒を見逃すわけにはゆかない。三島はここで、自らの人生を小説の素材として利用しているのだが、それは、生きてゆく上での支柱となりえたかもしれない人生の時間を、自ら掘り崩すようなやり方においてなのである。その結果、生身の人間としての三島は、一層の虚無に蝕まれるであろう。ところが、これが芸術というものの深いアイロニーなのだが、まさにこのことが、樹海での世界崩壊体験をはじめ『鏡子の家』の各部分に、尋常ならざる凄みをもたらしているように思われるのである。

ただし、注意しなければならないのだが、三島は単に虚無を表現したかったわけではないし、瑤子との関係を壊したかったのでもなかった。三島は後に、「芸術家は、ペリカンが自分の血で子を養ふと云はれるやうに、自分の血で作品の存在性をあがなふ。彼が作品といふモノを存在せしめるにつれて、彼は実は、自分の存在性を作品へ委譲してゐるのである」（『憂国』の謎」、「アートシアター」昭41・4）と述べているが、子が死んでしまえば親ペリカンも生きることができないというのが、三島と芸術との関係のあり方であり、三島はまさに生きるために総力を挙げて『鏡子の家』に取り組んだだけなのである。

ところが、子ペリカンとしての作品が生きるということは、『鏡子の家』という小説が三島一人ではなく、同時代の、そして近代を生きる人間を襲うニヒリズムの本質を表現し、かつ夏雄の回生がそこからの再生の道標《みちしるべ》ともなることを、読者から認められるということを意味した。その時、三島ははじめて文学的成功を収め、作家としての自らの存在意義を再確認し、また創作が現況克服と自己回生の契機となりうるのである。

しかし、『鏡子の家』は不評に終わる。三島の思考の内実を推し量ろうとする読者も皆無だった。その結果、三島は救い難い虚無の只中に置き去りにされ、以後、極めて危うい斜面を転落してゆく。三島が後年、大島渚との対談（「ファシストか革命家か」、「映画芸術」昭43・1）で次のように語ったのは、決して誇張ではないのである。

「鏡子の家」でね、僕そんな事いうと恥だけど、あれで皆に非常に解ってほしかったんですよ。それで、自分は今川の中に赤ん坊を捨てようとしていると、皆とめないのかといううんで橋の上に立ってるんですよ。誰もとめに来てくれなかった。それで絶望して川の中に赤ん坊投げ込んでそれでもうおしまいですよ、僕はもう。（中略）その時の文壇の冷たさってなかったんですよ。僕が赤ん坊捨てようとしてるのに誰もふり向きもしなかった。そんなこと言っちゃ愚痴になりますがね。僕の痛切な気持はそうでしたね。それから狂っちゃったんでしょうね、きっと。

第十四章　「憂国」という至福

からっ風野郎

大島渚との対談中に言われる「赤ん坊」とは、生を掘り崩す危険があることを承知で、芸術創作によって現況を超克し自己回生を図ろうとする「願い」の喩えであろう。三島はそこに賭けようとした。しかし、その「願い」が成就するかどうか疑わしい気持ちも兆していた。当時を回顧して、「自分は今川の中に赤ん坊を捨てようとしている」という差し迫った表現をしているのは、そのせいだと思われる。

もっとも、三島は『鏡子の家』刊行後、直《ただ》ちに「絶望」したわけではない。「川の中に赤ん坊（を）投げ込ん」だことの最初の現われは、「憂国」（「小説中央公論」昭36・1。昭35・10・16擱筆）だが、その前に三島には大きな出来事が二つあった。大映映画「からっ風野郎」への主演と、東京都知事選挙に取材した小説『宴のあと』の発表である。

「からっ風野郎」（昭35・3・23封切）は、無鉄砲だが気弱なやくざ朝比奈武夫が、恋人芳江の純粋さに触れて、やくざから足を洗おうとする直前に抗争相手に殺されてしまう話で、武夫を三島、芳江を若尾文子が演じた。監督は強烈かつ大胆な演出で大映の絶頂期を支えた増村保造《ますむらやすぞう》である。

昭和三十四年十一月十四日、大映社長の永田雅一が来春の大映作品に三島が主演することを記者会見で明らかにすると、この発表は驚きをもって迎えられ、「新人スター三島由紀夫」、（コクトーが映画「オルフェの遺言」で自作自演する予定であることを踏まえて）「名乗り出た〝和製コクトー〟」などと騒がれた。背景には次のような事情がある。三島の映画出演のアイデアは、数ヶ月前から講談社の編集者榎本昌治と大映のプロデューサー藤井浩明（いずれも三島の友人である）の間で持ち上がり、永田もこれを了解して三島との交渉が始まった。一方、十月の時点で、大映による『鏡子の家』の映画化がいったん決定し、三島は市川崑監督を希望していたが、永田は前評判に反して不評だった『鏡子の家』の映画化より、三島の主演映画の方が話題になると見て、こちらを優先したのであろう（結局『鏡子の家』の映画化は実現しなかった）。既に映画の斜陽化が始まっていたので、永田の判断は当然だったが、三島自身、映画出演に乗り気であった。当初、脚本は白坂依志夫の「肉体の旗」だったが、三十五年一月に菊島隆三の「からっ風野郎」（後に安藤日出男も共同執筆として参加）に変更し、一月八日に撮影が開始する。三島は、たいへんな熱意をもってこの日を迎えた。

ところが、撮影は三島にとって過酷な体験だった。三島と増村との間にそれまで交流はなかったが、実は二人は東大法学部の同期生で、今回が初対面というわけではなかった。そのことを理由として、増村は演技の未熟な三島に遠慮なく厳しく接し、共演者が心配に思うほど、峻烈な注文をつけたのである。心身をすり減らしながら体当たりの演技を続けた三島は、三月一日の午前零時過ぎ、数寄屋橋の西銀座デパート内での撮影中に、演技でエスカレーター上に倒れた際に誤って頭を強打し虎の門病院に入院するハプニングにも見舞われた。大事には至らず十日に退院し、十五日午前零時過ぎに撮影終了するが、その際三島は「映画に出るのはもうたくさん。（中略）もうご免だ」（「日刊スポーツ」昭35・3・16）などと語っている。肝心の映画の評価も、興味本位の話題にはなったが、冷ややかに見る者も少なくなかった。

しかし、撮影が過酷だったこととは別に、この体験は三島に大きな影響を与えた。三島は『金閣寺』で、現況を超克し自己回生を図るための創作活動が、かえって自己存在を蝕むという逆説をはじめて正面から取り上げた。その逆説は『鏡子の家』の失敗により、抜き差しならぬ危機として、三島に迫るようになっていたのだが、映画出演はこれとは別種の体験をもたらしたのである。すなわち、ただ映画の役（キャラクター）として人から扱われ、そう見られることが、自分の意志とは無関係に、それ自体として確かな存在感覚を生み出すという体験である。それは、単なる「オブジェ」になることであり、小説家としての「自分の存在が裏返しになるといふこと」だった（「ぼくはオブジェになりたい」、「週刊公論」昭34・12・1）。一般にはわかりにくいかも知れないが、これは自分の意志でアイデンティティを持とうとするよりも、人から被らされる仮面の方が強い存在性を生むということで、この考え方の一つの原点は『潮騒』の新治の造形にあり、さらに今後、「憂国」の映画化の主要な動機にも発展してゆくものである。この問題については第十六章で改めて論じたい。

宴のあと

一方、三島は雑誌「中央公論」（昭35・1～10）連載のため、『宴のあと』を昭和三十四年十一月から約十ヶ月にわたり執筆した。これは、『鏡子の家』で失敗した三島が、作家としての立ち位置を再確認した上で、いわば雪辱を果たそうとして力を傾けた作品であり、三島文学を代表する傑作の一つに数えられるべき小説である。ところが、昭和三十六年三月、モデルとなった有田八郎からプライバシーの権利侵害として訴えられ、もっぱら日本で最初のプライバシー裁判を引き起こした作品としてのみ記憶されることになったのは、不幸な成り行きである。

有田八郎は昭和十一年、広田内閣に外相として入閣して以来、四度の外相を経験し、その間《かん》軍の強硬論を抑制しようと努めた人物で、戦後は憲法擁護運動などに尽力した。昭和二十八年、旧知の畦上《あぜがみ》輝井と再婚したが、輝井は保守政界と繋がりがある料亭・般若苑の経営者で、元外相と料亭の女将との老いらくの恋として話題になった。有田は昭和三十年、日本社会党から推されて東京都知事選挙に立候補し落選するが、三十四年に再度立候補する。輝井は有田を全面的に支え、選挙資金のため般若苑も売却しようとしたが、岸首相の圧力で破談になり、さらに輝井の来歴に関する怪文書や、有田八郎危篤のビラをまかれるなどの選挙妨害を受けて、有田は再び落選した。その後二人は離婚し、輝井は般若苑を再開する。これを三島は、有田を野口、輝井をかづ、般若苑を雪後庵と改め、出会って間もない二人が結婚し、野口が革新党候補として都知事選に臨むと、かづはすべてを投げ打って支援するが、選挙に敗れて二人は離婚し、かづが雪後庵を再開する話として小説化したのである。

『宴のあと』は、当時まだ生々しい話題であった都知事選を扱い、吉田茂や大野伴睦《ばんぼく》（作中では、沢村尹《いん》、永山元亀《げんき》）ら、実在の保守政治家を思わせる人物が活写されていることもあって、連載当時から好評だったが、これが作家としての立ち位置を再確認した三島が雪辱を期そうとした作品であるというのは、次のような意味においてである。すなわち、『鏡子の家』以前に三島がもっとも成功したのは昭和三十一年の『金閣寺』と「鹿鳴館」である。『金閣寺』は、生を滅ぼす小説家の想像力の問題を主題として扱っているが、一般の読者はこの点に興味を覚えたのではなく、むしろそれが金閣寺放火事件に依拠したモデル小説であることに強い関心を寄せたのではないか。また、「鹿鳴館」の人気の秘密は、それが政治を舞台とする男女の愛と別れのメロドラマという骨格を備えていることだった。こう考えた三島は、右の二つの要素を結びつけた。その時、都知事選を共《とも》に闘った有田と輝井の夫婦の関係は格好の素材（モデル）となって浮かび上がるのである。三島は『鏡子の家』のように、ただ自分のやりたいことを徹底するのではなく、昭和三十一年の時点に戻り、自作がなぜ読者から高く評価されたのかその要因を改めて見極め、作品創作の戦略を立てたと言うことができるだろう。その一方で、実は三島は、選挙に敗れたかづの空虚な心境に託して、『鏡子の家』で描いたようなニヒリズムを描きこみ、雪後庵の再開を虚無からの回生として意味づけることにも成功している。つまり、三島にとって『宴のあと』は、昭和三十一年以降の歩みをもう一度辿り直し、再出発の道を探ろうとする大きな意義を持っているのであり、作品としての完成度も高かったのである。

しかしそれは、有田八郎の了解するところではなかった。三島は輝井のもとには、中央公論社社長の嶋中鵬二らとともに事前に訪れて執筆の挨拶をしたが、有田の意向を直接尋ねることはしていない。すると、有田は連載途中から、このような内容の小説が発表されるのは不本意だという抗議を行い、既に連載発表されたものは仕方がないが単行本化は困るという有田の意向を受けて、嶋中は連載後の単行本化に消極的になる。だが、三島は有田の考えを容れるわけにはゆかず、連載終了直後の昭和三十五年十一月十五日に新潮社から『宴のあと』を刊行した。ところが、その翌年三月十五日、三島は新潮社とともに有田から提訴され、思いがけない波乱に巻き込まれることになるのである（その後の経過については次章参照）。

憂国

有田の意向を無視して三島が『宴のあと』を単行本化したことについては性急さを否定できないが、それは『鏡子の家』が不評に終わったため、三島が焦燥感を覚えていたためであろう。また、この時三島は、精神状態の転換を図る意味もあって、三度目の海外旅行に出かけようとしていた。今度の旅は瑤子夫人同伴で、三十五年十一月一日から翌年一月二十日まで、米国や欧州、香港など世界を回る旅行である（ニューヨークではルシル・ローテルのプロデュースによる『近代能楽集』試演に立ち会い、前回の旅行で『近代能楽集』上演の企画が実現しなかったことの雪辱を果たすことになった）。その出立前にできることは皆やっておこうという思いもあったようだ。

そして、この思いに従って三島が執筆した重要な短篇小説がある。
それは、親友が二・二六事件の叛乱軍に加入し、自らは叛乱軍を討つ立場に立たねばならなくなることに苦悩した近衛兵の中尉が割腹し、中尉夫人も後を追って自刃した事件を描く「憂国」である。三島はその典拠を明かしていないが、和田克徳『切腹』（青葉書房、昭18・9）が伝える実際の事件（青島健吉中尉夫妻の死）に着想を得ている。ただし、作品の大半は、死を前にした夫婦の最後の営みと、中尉の割腹の描写に費やされ、これはむしろ三島の想像力の所産である。その一部は次のようである。

中尉がやうやく右の脇腹まで引廻したとき、すでに刃はやや浅くなつて、膏《あぶら》と血に辷《すべ》る刀身をあらはしてゐたが、突然嘔吐に襲はれた中尉は、かすれた叫びをあげた。嘔吐が激痛をさらに攪拌《かくはん》して、今まで固く締つてゐた腹が急に波打ち、その傷口が大きくひらけて、あたかも傷口がせい一ぱい吐瀉するやうに、腸が弾《はじ》け出て来たのである。腸は主《あるじ》の苦痛も知らぬげに、健康な、いやらしいほどいきいきとした姿で、喜々として辷り出て股間にあふれた。中尉はうつむいて、肩で息をして目を薄目にあき、口から涎《よだれ》の糸を垂らしてゐた。肩には肩章の金がかがやいてゐた。

この作品について、三島は後に次のように述べた。

「憂国」は、物語自体は単なる二・二六事件外伝であるが、ここに描かれた愛と死の光景、エロスと大義との完全な融合と相乗作用は、私がこの人生に期待する唯一の至福であると云つてよい。しかし、悲しいことに、このやうな至福は、つひに書物の紙の上にしか実現されえないのかもしれず、それならそれで、私は小説家として、「憂国」一編を書きえたことを以て、満足すべきかもしれない。

（『花ざかりの森・憂国』解説、新潮文庫、昭43・9）

ここで注意しなければならないのは、「憂国」を執筆する作家としての三島の姿勢が、それ以前とは明らかに異なっていることである。『仮面の告白』においても、『金閣寺』でも『鏡子の家』でも、三島は内面に溢れる衝動や、内面を蝕む虚無を小説に描き込んだが、実を言えば、これを描くこと自体は第一の目的ではなかった。そうではなく、三島は作品創作によってそれらが制御され、内的な秩序が回復し、あるいは自己回生することを何よりも望んだのである。これは、遡って言えば、第四章で述べたラディゲとの出会い以来の姿勢であろう。

ところが、「憂国」においては、幼時以来、三島に内在していた死の衝動、マゾヒズムの衝動の自由な解放自体に、第一の目的が置かれている。三島はそのために想像力を揮《ふる》い、性愛と切腹の場面を記述したが、その際、想像力が生を掘り崩すことの危険についても、何らの顧慮を払っていない。先に、三島が「川の中に赤ん坊（を）投げ込ん」だことの最初の現われは「憂国」だと言ったのはこのことで、「憂国」を書いたとき、三島の中で小説というものの持つ意義が大きく変化しているのである。そして、そのことによって三島は、「人生に期待する唯一の至福」を体験することになった。

三島はこの頃から、文学創作が自己回生に繋がるという可能性を否定し始め、かわりに、暴力的な性衝動を色々な形で解放することを厭わなくなった。その兆候は、文学座によるワイルドの「サロメ」公演で演出を務めたことや（東横ホール、昭35・4・5～16、主演岸田今日子）、よりプライベートな部分では、切腹愛好家の中康弘通と交流を深め、またアドニス会（第八章参照）の機関誌「ＡＤＯＮＩＳ」の別冊「ＡＰＯＬＬＯ」５号（昭35・10）に、榊《さかき》山保の筆名で切腹ポルノ小説「愛の処刑」を発表するといった形で既に現われていたが、「憂国」はその延長上において三島が本格的に変貌した第一歩なのだ。

しかも、ここには別の大きな問題も関わっていた。というのも、「憂国」は二・二六事件という歴史上の文脈を枠組みとして持ち、中尉と妻の死は単なる死ではなく、天皇に対する至誠の表現でもあるということである。ただし、昭和三十五年の時点では、世論は六十年安保闘争で高揚していたにもかかわらず、三島は歴史や思想に対して、あえて無関心な態度をとろうとしていた。毎日新聞の依頼で安保反対デモを見学した三島は、「一つの政治的意見」（昭35・6・25）というエッセイを寄稿したが、そこでも、「私は自慢ぢやないが一度もデモに参加したことはなく、これはあくまで一人のヤジ馬の政治的意見である」と断っている（ちなみにこのエッセイの主旨は、政治家はニヒリストではなく、現実主義者であるべきだ、というものである）。三島にとって、「憂国」の思想的、精神史的意味が次第に明らかになってゆくのは、海外旅行から帰国後のことである。そして、このことだけでなく、昭和三十年代後半の三島には、大きな事件やただならぬ出来事が、相次いで襲いかかってきたのだった。

第十五章　疲労と頽廃

嶋中事件とプライバシー裁判

不運の始まりは、帰国前に鉢の木会の会員による季刊誌「声」が、三島に無断で廃刊したことだったが、帰国後に立て続けに起こった出来事の深刻さは、その比ではなかった。

第一に、昭和三十六年二月一日に嶋中事件が起きた。嶋中事件とは、「中央公論」（昭35・12）に掲載された深沢七郎の「風流夢譚」（夢の中で起こった革命において天皇や皇族が処刑される話を戯画的に描いた小説）に憤激した右翼少年が、浅沼社会党委員長刺殺事件（昭35・10・12）に刺激されて、中央公論社の嶋中鵬二社長宅を襲って夫人に重傷を負わせ、家政婦を刺殺した事件である。その際、三島が選考委員の一人を務めた第一回中央公論新人賞受賞作が深沢の「楢山節考」（「中央公論」昭31・11）だったことや、三島が歌った「からっ風野郎」の主題歌の作曲が深沢だったことから、「風流夢譚」を「中央公論」に推薦したのは三島だという風聞が流れ、三島は右翼から脅迫され、約二ヶ月間、警察に護衛されることになった。実際には、三島は

「風流夢譚」の雑誌掲載を推薦したわけではなかったが、事前にその原稿を読んでいたのは事実で、この作品の扱いは難しいので「憂国」と併載して毒を相殺したらどうかということを、「小説中央公論」編集部の井出孫六に伝えていた（井出『その時この人がいた』）。従って、三島は「風流夢譚」の掲載と全く無関係というわけではなく、その結果として、実際に人が殺され、三島自身も生命を脅かされるというのは、只事《ただごと》ではなかったのである。三島はこの経験を踏まえて一つの文章を著わしたが、それは殺す者と殺されることを希《のぞ》む者の心理にそれぞれ同一化した後に、彼らと同様に、あるいは彼ら以上に孤独な存在である作家としての自分と時代との関係を自問した陰鬱な内容のエッセイである（「魔―現代的状況の象徴的構図」、「新潮」昭36・7）。

第二に、既述のように三月十五日、『宴のあと』がプライバシーの権利を侵害しているとして、有田八郎が三島と新潮社副社長佐藤亮一と新潮社を東京地裁に告訴し、損害賠償百万円と謝罪広告請求の訴状を提出した。公判は四月二十日からはじまり、昭和三十九年九月二十八日、三島側の敗訴が言い渡される。このことも三島に大きな打撃となった。前章で述べたように、『宴のあと』は『鏡子の家』で失敗した三島が雪辱を果たそうとして力を傾けた作品であり、これが否定されることは、新潮社に迷惑をかけるのみならず、三島自身の作家生命にとって、想像以上に深刻な意味を持っていたのである。

三島側の控訴後、有田の死去により和解が成立するが（昭41・11・28）、この一件では、裁判それ自体や三島にとって『宴のあと』という作品が持つ意義とは異なる面においても、心理的圧迫となる出来事が相次いだ。たとえば、三島は当時日本ペンクラブ会長だった川端康成に、ペンクラブが裁判を支援してくれるように頼んだが、川端はあたかもそれと引き換えのように、自らのノーベル文学賞受賞のための推薦文を三島に書かせている（昭36・5・27付三島宛書簡。『川端康成・三島由紀夫　往復書簡』。この推薦文の直接の結果ではないが、度々《たびたび》候補と目された三島を押さえて、川端は昭和四十三年にノーベル賞を受賞している）。また、鉢の木会の吉田健一が有田側に加担するような事態が生じたため、三島は昭和三十六年十一月十一日を最後に、大切な交際仲間だった鉢の木会を脱会した（有田は吉田健一の父・茂と親しく、その関係から健一とも親交があり、告訴前に健一を通じて三島との面談を申し入れたが、三島に断られていた。脱会の背景には、吉田健一が三島の面前で、この程度のものしか書けないのなら鉢の木会を出てもらわなくちゃなと、『鏡子の家』を酷評したという事情もあった）。

こうした苦境は、三島にとってはじめての経験と言ってよい。それまで三島は次々に仮面を被り、小説家としての顔やマスコミにおける顔など多彩なアイデンティティを我がものにしてきたのだが、今いずれの顔にも無数の亀裂が走り始めている。それと同時に、嵐のような現実や人間感情の渦の中に三島は投げ込まれ、翻弄されているのである。

それでも、三島は必死に態勢を立て直そうとした。ホフマンスタール愛好家の夫が、妻とその愛人に自分を殺させるまでを描く『獣の戯れ』（新潮社、昭36・9）は、三島の暗鬱な内面を見事に定着した秀作である。また、新派「鹿鳴館」（新橋演舞場、昭37・11・2〜26）や、当時日本では珍しかった劇団の枠に縛られないプロデューサー・システムによる江戸川乱歩原作「黒蜥蜴」の劇化（サンケイホール、昭37・3・3〜26）の成功、さらに海外における三島人気の上昇は、三島に力を与えた。そこで三島は、「私も二、三年すれば四十歳で、そろそろ生涯の計画を立てるべきときが来た。（中略）もうかうなつたら、しやにむに長生きをしなければならない」（「『純文学とは？』その他」、「風景」昭37・6）と述べ、内容は不確定ながら、ライフワークとなるべき作品の構想も考え始めている。ところが、昭和三十八年、再び三島は激しい嵐に襲われることになる。

喜びの琴

昭和三十八年一月十四日、「毎日新聞」が「文学座が分裂」との見出しで、芥川比呂志、岸田今日子らが脱退し、福田恆存の新芸術運動に参加して劇団・雲を結成するとのスクープを掲載した。何ごとも杉村春子中心の文学座の現状に対する中堅、若手俳優の不満が背景にあると言われたが、脱退したのは二十九名で、文学座にとっては前代未聞の大事件だった。

昭和三十一年四月、前月に入座した三島と入れ替わるように文学座を退座した福田恆存は、その後も、評論や劇作のライバルとして、あるいは鉢の木会の会員同士として、三島と交友を続けていたが、この一件については新聞スクープの前日に、あくまでも形の上で三島を誘ったのみだった。三島は、親しく仕事をしてきた芥川や岸田からも、何も事前に明かされなかった。こうして杉村春子と同様、三島も心を許していた者に裏切られ、あるいは挑戦状を突きつけられる立場に、突然立たされることになったのである。

この年、文学座を代表する理事の立場についた戌井市郎《いぬいいちろう》は、三島がこの時異常に燃えて文学座再建の陣頭指揮に乗り出したことを伝えているが（『芝居の道』）、事実三島は、分裂に際して文学座側の声明文をすすんで起草し、さらに今後の進路として、次の三点を強調した。第一に創作劇の重視、第二に歌舞伎における写実的台本の再評価、第三に西欧における劇場的《シアトリカル》な演劇の重視である。「劇場的《シアトリカル》」演劇というのは、「朝日新聞（夕刊）」（昭38・2・13）掲載の三島談話によれば、「近代リアリズム以前の、俳優術の見本になるような（中略）〝芝居じみた芝居〟のことで、「ブリタニキュス」も三島自身の「鹿鳴館」もこの系譜に連なるものだった。文学座で六月に上演されたサルドゥ作の「トスカ」（オペラ「トスカ」の原作）は、この第三点の具体化で、三島は安堂信也の訳文に大幅に手を加えて潤色を施し、公演も盛況だった。

　こう言うと、三島は実に精力的に活動しているように見えるであろう。しかし、実際の精神状態は極めて不安定だった。後にこの時期を回顧した三島は、「私の中の故しれぬ鬱屈は日ましにつのり、かつて若かりし日の私が、それこそ頽廃の条件と考へてゐた永い倦怠が、まるで頽廃と反対のものへ向つて、しやにむに私を促すのに私はおどろいてゐた」（「二・二六事件と私」、『英霊の声』あとがき、河出書房新社、昭41・6）と述べている。つまり三島はこの時、精神のバランスを崩しかけていて、あえて言えば一種の躁状態に近かったと見るべきである。その延長上で書かれたのが、昭和三十九年の文学座正月公演用に書下ろされた「喜びの琴」である。

　「喜びの琴」は、列車転覆テロ事件をめぐり公安警察官が繰り広げるドラマである。反共の信念に燃える片桐巡査は、その反共の信念を彼に吹き込んだ松村巡査部長に心酔しているが、実は松村は共産党の過激グループの秘密党員だった。そうと知らない片桐は、松村の指示に従って、事件を策動したのは右翼であることを突き止める。しかしそれは、真に危険なのは右翼やその背後にある政府、資本家だという印象を社会に与えるために松村が片桐を騙して捜査を誤らせたのであり、真犯人は共産党だった。真相を知った片桐は絶望の底に沈むが、最後に琴の音の幻聴に救いを見出して幕となる。

　この戯曲は松川事件（昭和二十四年に起こった東北本線松川駅付近における列車転覆事件。国鉄などの人員整理に反対する共産党員らのテロとして党員、労組員らが逮捕起訴された）に着想を得ている。ただし、松川事件はちょうど昭和三十八年九月十二日に最高裁で被告全員の無罪が確定したばかりだったのに対し、「喜びの琴」はその判決を裏返すような内容の戯曲だった。

　これに対し、当時文学座には、昭和三十五年の訪中公演以来、中国贔屓になっていた杉村春子をはじめ、共産思想に同調する者がいたため疑問が続出、「日共」「中共」の名称を台本から削除するなどの改定を施したが稽古は立往生した。内容を知ったＮＨＫからは正月のテレビ中継を断られ、主要な鑑賞団体である労演（勤労者演劇協会）も批判的だった。そこで、文学座として「喜びの琴」の上演保留を三島に申し入れることになる。ところが、三島は保留ではなく中止を主張し、芸術至上主義を謳っていながら思想的理由で台本を拒否するような劇団とは袂を分かつという理由で、文学座を退座するという事態に至った。そして、「鹿鳴館」初演以来、三島戯曲を度々《たびたび》演出した松浦竹夫や、戦後すぐから三島と交友のあった劇作家の矢代静一、俳優では中村伸郎《のぶお》、丹阿弥谷津子、賀原夏子、南美江らが三島と行動をともにし、昭和三十九年一月、グループＮ・Ｌ・Ｔ（Néo Littérature Théâtre＝新文学座の意）を結成した。文学座としては二度目の大きな分裂になったのである。

この一件を通じて際立つのは、またしても三島の性急さである。三島自身は「喜びの琴」の主題に関して、生の拠り所となるような絶対的な思想などなく、イデオロギーは相対的なもので、だからこそ芸術の存在理由があるということを述べている。それは、すべてを信じられなくなった片桐が、最後に琴の音にすがりつくという形で描かれた。だが、戯曲の総体としては、共産思想の暴力性や欺瞞性を訴える台詞が目立ち、これに対する文学座員の反応を、三島が予測できなかったとは言えないであろう。それをわかっていながら、あえて三島はこのような作品を書いた。では、脱退後の確かな見通しを三島が持っていたかと言えば、そんなこともなかった。N・L・Tが正式に「劇団」を名乗ったのは第七回公演の「朱雀家の滅亡」（紀伊国屋ホール、昭42・10・13〜29）の際で、それまでは演劇者集団のグループに過ぎなかったのである。

「喜びの琴」という芝居自体は、日生劇場の役員に就任していた劇団四季の浅利慶太が、三十八年に開場した日生劇場を軌道に乗せるための話題集めの意味もあってこれを上演し、自ら演出も手がけた（昭39・5・7〜30）。N・L・T、四季などから俳優が参加し、片桐巡査はテレビスターの園井啓介が務めることになる。だが、作品としては失敗だったと言わざるをえない。難点は幾つもあるが、特に大きいのは、三島戯曲の見せ場である（「鹿鳴館」の朝子と影山のような）台詞と台詞の対決シーンとなるべきところが、真相を知って呆然とする片桐に向かって松村が一方的に虚無的な考えを述べるだけの場面になってしまい、舞台のダイナミズムが感じられないことである。

さらに三島は、日生劇場開場一周年記念公演（昭39・10・3〜29）として、水谷八重子主演の「恋の帆影」を書下ろすが、これも非常にバランスの悪い失敗作だった。（現在のテーマパークが偽の城や町並みでできているのと同様の意味で）欺瞞的なホテルを、外国人向けに開業しようとした女主人公のみゆきが、実は彼女自身が欺瞞的な存在であることを自覚するに至るという筋だが、三島はこれを先述の「劇場的《シアトリカル》」な芝居として華やかに構成しようとした。しかし、みゆきのような孤独で屈折した心理をそのように構成しても、ちぐはぐな印象しか与えず、心理劇としても極めて不自然なものに終わってしまったのである。

こうして三島は、長年にわたる疾走の果てに、大きな壁にぶつかってしまった。三島は短篇小説「三熊野詣《みくまのもうで》」（「新潮」昭40・1）で折口信夫（作中では藤宮先生）に託して、醜悪さと虚無に犯されながらも仮面を被り続けようとする姿を、またそうしなければ生を維持できない焦燥感を描いたが、これは当時の三島の自画像と言ってよい。この作品を含む短篇集『三熊野詣』（新潮社、昭40・7）の「あとがき」には、「今度の四篇をまとめたのは、ほぼ同時期に書かれ、共通のテーマを持つてゐるからである。この集は、私の今までの全作品のうちで、もつとも頽廃的なものであらう。私は自分の疲労と、無力感と、酸《す》え腐れた心情のデカダンスと、そのすべてをこの四篇にこめた」と書かれている。これが、昭和三十年代後半の状況であった。

ハイデガー三部作と『午後の曳航』

ただし、その間に、昭和四十年から自死に至る時期のための準備が、徐々に色々な形で醸成されてもいた。『林房雄論』（「新潮」昭38・2）は、その過程で書かれた評論である。

転向作家としての林房雄（明36〜昭50）に対する世評は厳しかったが、新聞「新夕刊」の「文芸日評」で自作「夜の仕度」（第六章参照）を評価してくれたことを機縁に戦後早くから林と面識のあった三島には、林は歴史の激流を強引に渡る力強い船長のように見えた。事実、林は昭和三十八年九月から四回にわたり「中央公論」に「大東亜戦争肯定論」を分載して物議を醸している。三島は、なぜ林にはそれが可能なのかを問うた。相次ぐ出来事に翻弄された三島は、倣うべき指針を密《ひそ》かに探ろうとしていたのであろう。

その結果浮き彫りになったのは、林には左翼右翼という思想内容に左右されない情熱や、世界との親和感とも言うべきものが、転向前から一貫して存在しており、どんな状況下でも、それが林を支えているということである。ところが三島の場合、世界との親和感など元々無く、情熱も枯渇しかけていた。だから、林に倣おうとすることなど、はじめから不可能だった。

それならば、三島は新たな拠り所を見つけなければならない。その模索の過程を窺うことができる作品を三つ挙げよう。第一に、冷戦と核競争の世界情勢を背景に、世界平和を達成しようとする大杉一家と、人類の滅亡を画策する羽黒助教授の一派との対立を描く『美しい星』（「新潮」昭37・1〜11）で、これは彼らが実は宇宙人であるというＳＦ的設定によって話題を集めた。次に、昭和二十九年に起きた近江絹糸労働争議に取材した『絹と明察』（「群像」昭39・1〜10。毎日芸術賞受賞作）で、これは家父長的なワンマン経営で成長した駒沢紡績に労働争議を起こさせた政財界の黒幕岡野が、駒沢社長の死により次期社長の座を手に入れるが、そのことによってかえって深い虚無に襲われるという小説である。第三は先述の「恋の帆影」である。

この三作品には共通点はないように見えるが、ここではハイデガー三部作と名づけることにしたい。特別な哲学論がそこで展開されているわけではないが、当時三島が目を通したハイデガー（ドイツの哲学者。一八八九〜一九七六）の『存在と時間』や『ヘルダーリンの詩の解明』の影響が認められるからである。ただし、その影響はいくぶんアイロニカルなものである。たとえば、三島は『美しい星』の羽黒に、「人間には三つの宿命的な病気といふか、宿命的な欠陥がある。その一つは事物への関心《ゾルゲ》であり、もう一つは人間への関心《ゾルゲ》であり、もう一つは神への関心《ゾルゲ》である。人類がこの三つの関心を捨てれば、あるひは滅亡を免かれるかもしれないが、私の見るところでは、この三つは不治の病なのです」と語らせて、ハイデガーが「関心《ゾルゲ》」という言葉で示した人間の生のあり方を皮肉ってみせた。三島は「恋の帆影」のみゆきの欺瞞的な生き方についても、「生の『本来的な憂慮《ゾルゲ》の様相』の拒否」（「美の亡霊」、「日生劇場プログラム」昭39・10）と自注している。これに対して、『絹と明察』の結末で虚無に襲われた岡野は、ヘルダーリンの詩「帰郷」に対する、「宝、故郷のもつとも固有なもの、『ドイツ的なもの』は、貯へられてゐるのである。……詩人が、貯へられたものを宝（発見物）と呼ぶのは、それが通常の悟性にとつて近づき難いものであることを知つてゐるからだ」というハイデガーの注釈を思い起こし、その注釈に言い知れぬ不気味さを読み取る一方で、そこに虚無からの救いが潜んでいることも感じ取るのである。

この羽黒、みゆき、岡野の三人を一本の線で結んでみよう。すると、そこには世界との親和感など元々無く、生を掘り崩し否定することによって虚無に陥った者でも、虚無からの救いを見出しうる可能性が示されていることに気づく。

その救いの正体は、いまだ明らかではないが、ハイデガーにとって「ドイツ的なもの」であるなら、三島にとってそれは「日本的」と呼びうるものになるかもしれない。そうだとすれば、六十年安保闘争の終結（敗北）後、一般に歴史や思想をそれとして問う視点が薄れてきた時流に反し、三島は日本というものを今はじめて問い、そこに新たな拠り所を見出すようになったとも言えよう。終戦時も六十年安保の際にも、三島は歴史や思想に対して冷ややかな距離を保ってきたが、そのような時期は過ぎつつあった。その時、それは「憂国」で描かれた二・二六事件の歴史上の文脈とも接続し、三島にとって大きな意味を持ち始める。だが繰り返すが、この時点ではその真相はまだ霧の中だった。

以上のように、三島は混乱と模索、あるいは疲労と頽廃の時期にあったが、あたかも奇跡のように成功した一つの小説が、その最中《さなか》に書かれている。講談社より書下ろされた『午後の曳航』（昭38・9）である。少年により海の男として英雄視されていた船乗りの男が、少年の母の再婚相手となって海を捨てようとする。そのことに絶望した少年は仲間とともに男を殺すが、それは実は男の望んでいたことでもあったという筋である。三島は講談社の川島勝の依頼を受けて昭和三十七年から準備し、翌三十八年の文学座の最初の分裂騒動中に執筆した。一九六五年にジョン・ネイスンによって英訳されて以来海外でも人気が高く、一九七六年にはルイス・ジョン・カルリーノの監督・脚本によって英国で映画化されている（日本ヘラルド映画も出資）。

比較的短い書下ろし中篇ということで、一気に集中して書かれたことや、そこにエディプスコンプレックスという一種の普遍的な心理類型（もしくは話型）を読み取ることができる点に、成功の要因があるが、しかし、こうも考えられる。三島は昭和三十七年五月に長男・威一郎を得た。それが三島に喜びを与えたのは確かだが、その一方で三島は、男児の父となった自分自身への殺意を、大人の男が少年に殺されるという『午後の曳航』の筋に密《ひそ》かに投影したとは言えないだろうか。そうだとすれば、『午後の曳航』は一種の遺書であり、そのことがこの作品に異様な力をもたらしているのである。

第十六章　最後の飛翔

『豊饒の海』の開始

たいていの作家ならば長期スランプに陥ってもおかしくない状況下で傑作『午後の曳航』を書き残したところに三島の異才が現われているが、驚くべきことに、「三熊野詣」執筆時の精神的危機も、三島は他の誰にも真似できないやり方で乗り越えた。それは、実は三島にとって最後の飛翔となったのだが、ここではまず、『豊饒の海』について」という文章を見てみよう。これは、「新潮」の昭和四十年九月号から連載開始された四部作『豊饒の海』の第一巻、第二巻が単行本として刊行された際に、「毎日新聞（夕刊）」（昭44・2・26）に発表されたものである。

小説「豊饒の海」の第一巻「春の雪」を書きはじめたのは、昭和四十年六月のことであるから、四年も前になる。それを書きだしたころ、短篇小説集「三熊野詣」を出したが、その跋文の中で「この短篇集は私の今までの全作品のうちでもつとも頽廃的なものだ」と自註してゐるほどであるから、「春の雪」を書く前の私が、いかに精神的な沈滞期にあつたかがわかる。しかしそれも、長い作品にとりかかる前の心の不安にすぎなかつたのかもしれない。

すなわち、三島は一度失いかけた小説創作による自己回生の可能性への信頼を呼び戻し、精神の危機を、『豊饒の海』という長篇小説を書くための跳躍台として捉え直したのである。さらに、このエッセイには、以下のように記されている。

さて昭和三十五年ごろから、私は、長い長い長い小説を、いよいよ書きはじめなければならぬと思つてゐた。しかし、いくら考へてみても、十九世紀以来の西欧の大長篇に比べて、それらとはちがつた、そして、全く別の存在理由のある大長篇といふものが思ひつかなかつた。第一、私はやたらに時間を追つてつづく年代記的な長篇には食傷してゐた。どこかで時間がジャンプし、個別の時間が個別の物語を形づくり、しかも全体が大きな円環をなすものがほしかつた。私は小説家になつて以来考へつづけてゐた「世界解釈の小説」が書きたかつたのである。幸ひにして私は日本人であり、幸ひにして輪廻の思想は身近にあつた。が、私の知つてゐた輪廻思想はきはめて未熟なものであつたから、数々の仏書（といふより仏教の入門書）を読んで勉強せねばならなかつた。その結果、私の求めてゐるものは唯識論にあり、なかんづく無着《むぢやく》の摂大乗論《せふだいじようろん》にあるといふ目安がついた。

ここには幾つもの重要なことが記されている。第一に昭和三十七年頃、三島はライフワークとなる作品を構想し始めたことを先述したが、その思いは『鏡子の家』発表後の昭和三十五年まで遡ることができ、第二にその作品は「十九世紀以来の西欧の大長篇」を超える小説となるべきで、第三にそれはこれまでに類例のない「全体が大きな円環をなす」ような「世界解釈の小説」なのだが、第四に実は小説家になって以来、三島はこのような企図を抱懐していて、第五にそのために今、輪廻思想と唯識を取り入れて『豊饒の海』を執筆しているというのである。

ここで「十九世紀以来の西欧の大長篇」というのは、バルザックの一連の小説群からプルーストの『失われた時を求めて』まで、あるいはマルタン・デュ・ガールの『ティボー家の人々』、また「年代記的な長篇」という意味ではトーマス・マンの『ブデンブローク家の人々』からパール・バックの『大地』などまでをも含む、人間の生きる現実や歴史を総体として表現しようとする小説を指すものであろう。それはサルトルが『自由への道』で試み、日本でも野間宏(『青年の環』、昭22～46)、埴谷雄高(『死霊』、昭21～。平成九年作者の死により未完)、中村真一郎(『四季』、昭50～59)ら戦後作家が早くから志した全体小説と呼ばれるジャンルと重ねることもできる。これらの作品は、たとえば野間宏がサルトルやマルクスに対する考察を踏まえて『青年の環』を執筆したように、背景に何らかの体系的な思想を必要とする場合があるが、そのような発想の延長上において、三島も輪廻思想や唯識に関心を寄せたと考えることもできる。ただし、（唯識については次章で詳説するが）輪廻も唯識も、近代文学がリアリズムの精神を基盤とすることに真っ向から反する考え方である。三島はあえてこれを取り入れることで、近代小説の一つの究極の姿と言える全体小説の系譜の上にありながら、なおかつ全く新しい独自の作品を残そうとし、これを「全体が大きな円環をなす」「世界解釈の小説」と言い表していると見なしてもよいだろう（前掲の中村光夫との『対談・人間と文学』では、世界の全部を包み解釈し尽くす小説、というような表現をしている）。

もっとも、それを小説家になって以来抱懐していた企図だとしている点には、多少の誇張がある。ただし、「花ざかりの森」においても『仮面の告白』においても、三島は自ら強い決意をもって臨んだ小説では、そこに自己の内面を制御するような秩序を生み出し、そのことによって自己回生を図ろうとしてきた。三島は今このことを拡大解釈して、それは自己のみならず世界の全体を包括し解釈しようとすることだったと捉え直していると、見ることもできよう。

それにしても、なぜ輪廻なのか。これは一つには、昭和三十九年に刊行された『日本古典文学大系77』（岩波書店）所収の「浜松中納言物語」（唐に転生した亡き父を慕って渡唐する貴公子にまつわる恋物語で平安後期の作。学習院時代の三島の恩師の一人である松尾聰が校注した）に三島が影響を受けたためだが、もう一点想起されるのは、終戦直前、詩「夜告げ鳥」で示した輪廻の考えに三島が救済の観念を見出していたことである。そうだとすれば、『豊饒の海』を書こうとする三島は、心理の上では昭和二十年の終戦前の時点に立ち返り、そこで近代小説史を塗り替えるようなライフワークを書くことによって、終戦前の時間を生き直し、かつ乗り越えようとしたと言ってもよいだろう。だが、輪廻と唯識について詳しく述べる前に触れておかねばならないことがある。三島が実際に『豊饒の海』を書き始めるためには、ある起爆剤が必要だったのだ。

映画「憂国」と「サド侯爵夫人」

その起爆剤となったのは、小説「憂国」の自作自演による映画化である。三島は昭和四十年一月、旧知の堂本正樹と大映のプロデューサー藤井浩明に「憂国」映画化の相談を持ちかけ、撮影台本を自ら執筆する。ＢＧＭとしては、ストコフスキー編曲によるワグナーの「トリスタンとイゾルデ」（無声）を用いたが、これは映画制作や評論で知られるドナルド・リチーの助言によるものである。そして三島は、四月に大蔵《おおくら》映画のスタジオを借りて、二日間の強行日程で「憂国」を撮影した。中尉を三島が、妻を藤井の紹介による元大映ニューフェイスの鶴岡淑子が演じ、演出は堂本が担当した（堂本『回想　回転扉の三島由紀夫』）。大映の永田社長や、「日本の婦人映画大使」と言われる川喜多かしこに試写を見てもらった三島は、マスコミには秘し続け、翌四十一年一月、フランスのツール国際短篇映画祭に出品する。結果は、劇映画部門の次点で受賞は逃したものの大きな話題を呼び、日本でも四月十二日から日本アート・シアター・ギルド（ＡＴＧ）が新宿文化、日劇文化の二館で上映した。

この映画は三十分程の三十五ミリ白黒映画であり、台詞は全く使われず、能舞台を模したセットは極めて簡素で、映画の素人が作ったスプラッター（殺害シーンの描写が生々しい映画）もののプライベートフィルムという印象も拭えないが、センセーショナルな話題を引き起こして（豚の内臓が用いられた切腹シーンは極めてリアルで、ショックで失神する観客もあったという）、新宿文化、日劇文化両館初日の観客動員二三三二人は、ＡＴＧ系平日初日の新記録となった。では、映画「憂国」は三島自身にとってはどのような意味を持っていたのだろうか。

三島は『憂国　映画版』（新潮社、昭41・4）に付された「製作意図及び経過」において、中尉は「ただ軍人、ただ大義に殉ずるもの、ただモラルのために献身するもの、ただ純真無垢な軍人精神の権化でなければなら」ず、それに応じて、「一カット一カットがカメラの明晰な対象としての『もの』でなければならなかつた」と述べている。また、クライマックスでは「あくまでも生理学的にリアルな切腹場面が現前し（中略）あたかも本もののやうな血が噴出し」、全体としては「宗教的なドローメノン（ギリシア語で行事、祭式の意―引用者注）の、農耕祭儀の犠牲《いけにへ》の儀式、自然の中における人間の植物的運命の、昂揚と破滅と再生の呪術的な祭式に似たもの」になることが目指されたと記している。

ここに明らかなように、この映画は三島にとって、小説「憂国」について述べる際に触れた死の衝動、マゾヒズムの衝動を、言葉ではなく身体によって表現、解放した作品である。同時に、「からっ風野郎」について述べる際に触れた単なる「オブジェ」になるということを、映画の役（キャラクター）としてのみならず、撮影の物理的対象としても、また人間の運命の問題としても、実践した作品であった。「オブジェ」になるということは、仮面を被り、あるいは仮面そのものと化すということの一つのあり方だが、そのことによって衝動は一層自由に解放され、三島は虚無や頽廃を打ち消す強烈な存在感を体験するのである。

そして、第十三章で引用した「『憂国』の謎」の文脈に従って言うならば、映画「憂国」は、「自分の血で作品の存在性をあがなふ」ことによって「自分の存在性を作品へ委譲」してしまい、そのために「存在性への飢渇」を「心魂にしみて（中略）味はつた」という三島が、「私の存在証明をしようとした」（「『憂国』の謎」）作品なのであった。しかし、だからと言って三島は小説創作の営みを捨て去ったのではなく、むしろ逆に、映画「憂国」の自作自演から得られたエネルギーを起爆剤として、『豊饒の海』執筆に向かったのである。

他方、映画「憂国」の成功は、当時の三島が、前衛芸術やアングラ文化を含む新しい潮流の中で強い存在感を持っていたことを示している。六十年代文化を象徴する存在の一つであるATG系の映画館で「憂国」が上映されたこともその証《あかし》だと言えるが、この頃、三島の写真集『薔薇刑』（集英社、昭38・3）を撮影した細江英公（昭8〜）や、詩人の高橋睦郎（昭12〜）、画家の横尾忠則（昭11〜）ら、三島没後も大きな仕事を続けている若い世代の芸術家との交流が広がっていたことも、見逃すことができない。その一人である仏文学者で小説家の澁澤龍彦（昭3〜62）は、「鹿鳴館」を超える三島戯曲の傑作と言える『サド侯爵夫人』（河出書房新社、昭40・11）を執筆する機縁を与えた人物である。同書の跋文で、三島は次のように言っている。

澁澤龍彦氏の「サド侯爵の生涯」を面白く読んで、私がもっとも作家的興味をそそられたのは、サド侯爵夫人があれほど貞節を貫き、獄中の良人《をっと》に終始一貫尽してゐながら、なぜサドが、老年に及んではじめて自由の身になると、とたんに別れてしまふのか、といふ謎であつた。この芝居はこの謎から出発し、その謎の論理的解明を試みたものである。

「サド侯爵夫人」は昭和四十年十一月、N・L・Tと紀伊国屋ホールの提携により松浦竹夫の演出で上演された（昭40・11・14〜29）。この芝居にはサド本人は登場しない。侯爵夫人をはじめサドを取り巻く女性たちの台詞劇によって、サドという芸術家の内面の闇も浮き彫りになってゆくのだが、それは「劇場的《シアトリカル》」演劇として成功したばかりでなく、主に翻訳劇を演じ続けてきた日本の新劇のあり方を逆手にとった、日本人が日本語によってフランス人を演じるという意表をつく着想が効果を挙げて、たいへんな話題作となった。N・L・Tの活動もこれを機会に軌道に乗る。「サド侯爵夫人」は「シアターアーツ」創刊号（平6・12）で、演劇評論家が選ぶ戦後戯曲で首位となり、海外でもしばしば上演される人気戯曲だが、「喜びの琴」「恋の帆影」と失敗作が続いた三島は、ここで見事な復活を果たしたと言えよう。

『豊饒の海』に加えて「サド侯爵夫人」、そして映画「憂国」。これらの作品によって、三島は昭和三十年代後半の危機を鮮やかに乗り越え、『金閣寺』を発表した昭和三十一年に比すべき、あるいはそれ以上とも言える文学的頂点を迎える。しかしそれは先述のように、三島にとって最後の飛翔であった。

第十七章　阿頼耶識と英霊

唯識と世界解釈

結果的に遺作となった『豊饒の海』だが、三島ははじめからそのつもりでこの長篇を書き始めたのではなかった。では、それは具体的にどのような内容を持つのか。また、大きな構想の変化があったとすれば、それはどの時点であろうか。

第一巻『春の雪』（「新潮」昭40・9〜42・1）は、大正初年の侯爵家の子息・松枝清顕《きよあき》と伯爵家の令嬢・綾倉聡子の恋の物語で、平成十七年には妻夫木聡、竹内結子の主演で東宝からラブロマンスとして映画化された（行定勲監督）。孤独な性癖で自分の感情を信じられない清顕は、明治天皇の従兄《いとこ》（洞院宮《とういんのみや》）の第三王子治典王殿下と聡子との結婚の勅許が下りると、はじめて聡子に対する自分の恋心に身を委ねる。そして、かねてから清顕を愛していた聡子と通ずるが、その結果妊娠した聡子は、堕胎して奈良の月修寺（後水尾天皇第一皇女が初代門跡となった奈良帯解の尼寺円照寺をモデルとする）で出家してしまう。清顕は病軀をおして聡子を訪ねるが面会を拒まれ続け、友人の本多に「又、会ふぜ。きつと会ふ。滝の下で」と約して二十歳で病死する。

第二巻『奔馬』（「新潮」昭42・2〜43・8）は、昭和初年の国家主義運動に命を捧げる若者・勲《いさお》の物語である。彼は昭和の神風連たらんとして仲間とともにテロを企てるが、協力者であったはずの陸軍中尉から中止を命じられる。そのため仲間の多くは脱落するが、あえて決行しようとした勲は、その直前に警察に逮捕されてしまう。一方、三十八歳の判事になった本多は転生など信じない人間だったが、奈良三輪山の三光の滝で出会った勲が清顕の生まれ変わりであるという動かし難い考えに強いられ、かつて清顕を救おうとして救いえなかった悔いを晴らそうとして、判事を辞して勲の弁護人を務める。本多の働きにより、勲は第一審で刑を免除される。しかし釈放後、一人で財界の大物《おおもの》・蔵原を刺殺し、自身も切腹して二十歳で死ぬ。

以上が、一、二巻の要旨である。三島は『豊饒の海』執筆のため大学ノート二十冊以上に及ぶ膨大な量の創作ノートを書き記しており、それによれば、三島は当初、第一巻の主人公（のモデル）として明治末年の西郷家や芥川龍之介の家系を、第二巻の主人公として北一輝の息子なども想定していたことが知られるが、話の大筋としては、発表作との間に大きな変更は認められない。そしてその全体の背景に三島が据えようとしていたのが、仏教の唯識の考えであった。

では、唯識とはどのような思想であろうか。それはなぜ「世界解釈」という考えと結びつき、また三島に強く訴えたのだろうか。

唯識は仏教を代表する考え方の一つで、あらゆる存在は心（識）が作り出した仮のものに過ぎず、さらに実はこの心も存在しないと説く教えである。般若経の空の思想を発展させたもので、日本ではあまり馴染みがないようにも見えるが、興福寺や薬師寺などは、唯識の教えを玄奘（六〇二〜六六四）がまとめた『成唯識論《じょうゆいしきろん》』（世親の「唯識三十頌」に対する注釈を護法の説を中心に漢訳したもの）を根本聖典とする法相宗《ほっそう》の寺院である。

三島がこの考えに触れるようになったのは、生まれ変わりの考えを小説創作に取り入れるにあたり、その知識を深めようとしたためで、特に深浦正文《せいぶん》の『輪廻転生の主体』（永田文昌堂。三島所蔵は昭30・1刊行の第二版）を読んだことが大きい。同書は講演をもとにした百ページ足らずの小冊子だが、仏教における一つの難問に唯識が答を提示したことを平易に説いている。それによれば、仏教はインドの伝統的な考えに従って輪廻の思想を受け入れたが、他方我《アートマン》や霊魂を否定したため、輪廻し転生する主体を説明することができず、輪廻説との間に矛盾が生じた。これに対し、唯識は転生するのは心の奥底で生じては滅し生じては滅しながら活動し続ける阿頼耶識だと説く。唯識では心の層を人間の五感に対応する眼識、耳識、鼻識、舌識、身識と意識、これに加えて深層心理に対応する末那識《まな》と阿頼耶識の八層に分けて説明するが、阿頼耶識にはこの世のあらゆるものを生じる種子《しゅうじ》と呼ばれるエネルギー（力）が内蔵されていて、この種子の力によって活動し続ける阿頼耶識こそが輪廻転生の主体となるという唯識の理論を、深浦は明快に解説したのである。

さらに三島は、上田義文の『仏教における業の思想』（あそか書林。三島所蔵は昭34・9刊行の第三版）からも大きな影響を受けた。同書は、阿頼耶識の種子が因となって世界のあらゆる事物（染汚法《ぜんま》）が生じ、またそれらが因となって阿頼耶識が果として生じるという因果関係が現在の一瞬間に同時に起こり、その瞬間が過ぎると阿頼耶識も染汚法も滅して無となるというメカニズムを、「阿頼耶識と染汚法の同時更互因果」という概念で説明した。上田の立場は唯識の中でも、主に無着（インドの唯識派の論師で世親の兄。約三一〇～三九〇）の『摂大乗論』の真諦《しんたい》（四九九～五六九）訳に基づき、厳密に言えば法相宗の捉え方とは異なるところがあるが（それ故、実は『仏教における業の思想』では阿頼耶識のことをアラヤ識と記して、法相宗の表記と区別している）、三島にとっては極めて刺激的な世界観だった。

というのも、それはまさに世界のすべてを説明（解釈）しようとする考え方に他ならないからである。同時に、三島はそこに、阿頼耶識と染汚法が現在の一瞬間に生じて直後には確実に滅びるものでありながら、そのような儚《はかな》いものであるが故に、世界の全体や時間の連続を保証するという逆説的な発想を認め、この点に強く魅せられたのだろう。これは、第五章で詩「夜告げ鳥」に関連して述べた、個が死んでも、まさにそれ故にこそ、個を超えた生命が輪廻において生き続けるという考え方を、人の一生についてではなく、今現在のこの一瞬一瞬において現実の出来事と見なすような世界観である。それは、昭和三十年代後半の頽廃と虚無の時期を乗り越えようとする三島の精神を、まさに一瞬ごとに鼓舞するものではないだろうか。唯識の主張が、単にすべては心（識）が作り出した幻に過ぎないということだとすれば、それはニヒリズムの思想のように見えるが、ここではむしろ、生の連続性を肯定する原理を孕む考え方として、唯識が捉えられているのである。

ただし、これを『豊饒の海』の作品構成に具体的にどのように取り込み生かしてゆくかという点については、三島自身、考えあぐねている部分があった。『春の雪』の末尾で、病に倒れた清顕に代わり月修寺を訪れた本多は、門跡（住職）から「阿頼耶識と染汚法の同時更互因果」について説明を受けるが（この部分では『仏教における業の思想』の文章がほぼそのまま引用されている）、あまりの難解さに困惑する。語り手はこの時の本多について、「門跡の仰言《おつしや》るさういふ一見迂遠《うゑん》な議論が、現在の清顕や自分たちの運命を、あたかも池を照らす天心の月のやうに、いかに遠くから、又いかに緻密に、照らし出してゐるかに気づかなかつた」と述べているが、作中の人物設定や作品構成と唯識との関係を、三島自身が捉え表現することも、決して容易ではなかった。

太陽と鉄

この困難の一端は、輪廻や唯識という反近代的な考え方を、あえて近代小説というジャンルに持ち込もうとしたことに由来するが、さらに言えば、人間の生きる現実や歴史を総体として表現しようとする全体小説の理念にも、深刻な問題が伴っている。これは突き詰めれば、言語によって対象のすべてを表現しようとすることの困難さに通じる問題である。それが原理的に不可能であることについては、たとえばウィトゲンシュタイン（ウィーン出身の哲学者。一八八九～一九五一）やブランショ（フランスの作家、批評家。一九〇七～二〇〇三）が考察を深めており、既述のように『仮面の告白』でもそのことが問題になっているが、今三島は、独自の筋道を通って、二十世紀の言語思想の急所とも言うべきこの問題に正面から向き合うことになったのだ。

『豊饒の海』と並行して、同人として参加した雑誌「批評」に十回に分けて連載された『太陽と鉄』（「批評」昭40・11～43・6。講談社、昭43・10）は、その思考の跡をつぶさに記した自伝的評論である。同書は、ボディビルや剣道の稽古を休みなく続けた三島が、その経験をもとに書き記したものだが、単なるスポーツ体験記ではなく、言語と現実、精神と肉体の関係をめぐる思索に費やされている。その意味で、これは『豊饒の海』を執筆することの困難が、三島を促して書かせたものと言っても過言ではない。

それによれば、自分には幼時から肉体的な存在感や現実感覚と呼ぶべきものが欠けていたと考える三島は、やがて肉体改造により存在と行為の感覚を体得するようになったが、翻って言語表現というものについては、次のように言わざるをえなかった。

言葉に対する呪詛は、当然、表現行為の本質的な疑はしさに思ひ及ぶにちがひない。何故、われわれは言葉を用ひて、「言ふに言はれぬもの」を表現しようなどといふ望みを起し、或る場合、それに成功するのか。それは、文体による言葉の精妙な排列が、読者の想像力を極度に喚起するときに起る現象であるが、そのとき読者も作者も、想像力の共犯なのだ。そしてこのやうな共犯の作業が、作品といふ「物」にあらざる「物」を存在せしめると、人々はそれを創造と呼んで満足する。

（中略）

そして、このやうな想像力の越権が、芸術家の表現行為と共犯関係を結ぶときに、そこに作品といふ一つの「物」の擬制が存在せしめられ、かうした多数の「物」の介在が、今度は逆に現実を歪め修正してきたのである。その結果は、人々はただ影にしか接触しないやうになり、自分の痛みと敢て親しまないやうになるであらう。

ここでは、芸術家の想像力が生を滅ぼすという『金閣寺』で追究された問題が、読者の想像力も含めた想像力一般の問題にまで拡張されており、また事実上、言葉で世界の全体を捉えるという全体小説や、三島の言う「世界解釈の小説」の理念も否定されるに至っている。右の引用箇所の初出は昭和四十一年十二月発行の「批評」だが、先に紹介した『春の雪』の結末部分の初出は「新潮」の昭和四十二年一月号であった。つまり三島はほぼ同時期にこれらの文章を書いているのである。

英霊の声

そうだとすれば、『豊饒の海』の執筆によって虚無と頽廃を乗り越え自己回生の可能性に賭けようとした三島の企図は、結局のところそれは不可能ですべてが水泡に帰すかもしれないという深刻な危機感に常に晒されていることになる。そこで三島は、ちょうど映画「憂国」の自作自演から力を得たように、エネルギーの注入を必要とすることになった。その役割を果たしたのが、「英霊の声」（「文芸」昭41・6）であるが、この作品は、その後の三島の生死を大きく左右する宿命的な作品となる。

これは、帰神《かむがかり》と呼ばれる神道霊学（『鏡子の家』で夏雄が一時囚われたもの）の憑依の儀式に列席した「私」が、その場に現われた、二・二六事件で処刑された将校たちと、特攻隊で死んだ兵士たちの霊の言葉を忠実に記録するという体裁の小説である。われわれは、天皇に対する至純の心から二・二六事件を起こし、また最後の神風たらんとして特攻出撃したが、天皇はその思いを受け止めようとしなかったと霊は語る。そして、特攻隊の霊は次のように言う。

（前略）昭和の歴史においてただ二度だけ、陛下は神であらせられるべきだつた。何と云はうか、人間としての義務《つとめ》において、神であらせられるべきだつた。この二度だけは、陛下は人間であらせられるその深度のきはみにおいて、正に、神であらせられるべきだつた。それを二度とも陛下は逸したまうた。もつとも神であらせられるべき時に、人間にましましたのだ。

一度は兄神たちの蹶起の時。一度はわれらの死のあと、国の敗れたあとの時である。

さらに、多数の霊たちは怒号のような声で歌う（／は改行を示す）。

（前略）いかなる強制、いかなる弾圧、／いかなる死の脅迫ありとても、／陛下は人間《ひと》なりと

> 仰せらるべからざりし。／世のそしり、人の侮りを受けつつ、／ただ陛下御一人《ごいちにん》、神として御身を保たせ玉ひ、／そを架空、そをいつはりとはゆめ宣《のたま》はず、／（たとひみ心の裡《うち》深く、さなりと思《おぼ》すとも）／祭服に玉体を包み、夜昼おぼろげに／宮中賢所《かしこどころ》のなほ奥深く／皇祖皇宗のおんみたまの前にぬかづき、／神のおんために死したる者らの霊を祭りて／ただ斎《いつ》き、ただ祈りてましまさば、／何ほどか尊かりしならん。／などてすめろぎは人間《ひと》となりたまひし。

これは驚くべき作品である。というのも、第十五章で触れた『絹と明察』執筆の頃の時流とは異なり、昭和四十一、二年になると七十年安保を前にした学生運動による叛乱の季節が始まり、その一方で歴史を見直そうとする機運も高まってくるのだが（昭和四十二年から建国記念の日が祝日となり、四十三年には明治百年の記念式典が行われた）、「英霊の声」はその先陣を切る形で戦後思想を断罪し、さらに衝撃的なことに、昭和天皇の人間宣言を真っ向から批判し否定しているからである。このような振る舞いは、時代の思想的政治的文脈の中で、三島を極端な反戦後反左翼の立場に置きつつ、同時に右翼保守思想の文脈においても特異な存在たらしめた。

これは、昭和三十五年の小説「憂国」執筆時点では、三島自身も予想していなかった事態であるが、三島が歴史の中で一つの役割を担うことを意味していた。二・二六事件や天皇の人間宣言の思想的意味について、人はたとえ内心疑問に思うことがあっても、あからさまに問うことがない。むしろ、この種の問題を正面から扱うことは、戦後避けられてきたと言える。しかし、そこに精神史における大きな問題が蟠《わだかま》っていることは否定できない。三島はこれに問いの刃を突きつけるための、いわばより依代《よりしろ》となったのだ。このことが、三島に大きな力をもたらした。なぜなら、それは映画「憂国」について論ずる際に述べた、「ただ大義に殉ずるもの、ただモラルのために献身するもの」として「オブジェ」になるということを、映画という枠を超えて現実の時空間の中で体現することであり、そのことは、三島に虚無や頽廃を打ち消す強烈な存在感を与えたからである。

それは同時に、次のようなことでもあった。

昭和の歴史は敗戦によつて完全に前期後期に分けられたが、そこを連続して生きてきた私には、自分の連続性の根拠と、論理的一貫性の根拠を、どうしても探り出さなければならない欲求が生れてきてゐた。これは文士たると否とを問はず、生の自然な欲求と思はれる。そのとき、どうしても引つかかるのは、「象徴」として天皇を規定した新憲法よりも、天皇御自身の、この「人間宣言」であり、この疑問はおのづから、二・二六事件まで、一すぢの影を投げ、影を辿つて「英霊の声」を書かずにはゐられない地点へ、私自身を追ひ込んだ。自ら「美学」と称するのも滑稽だが、私は私のエステティックを掘り下げるにつれ、その底に天皇制の岩盤がわだかまってゐることを知らねばならなかった。それをいつまでも回避してゐるわけには行かぬのである。

これは、「英霊の声」に加えて「憂国」(昭36・1)、「十日の菊」(クーデターの危機を逃れた元大臣が、その後生ける屍となる様を描く戯曲。文学座創立二十五年記念公演、第一生命ホール、昭36・11・29～12・17)の二作品を、二・二六事件三部作としてまとめて世に問うた『英霊の声』(河出書房新社、昭41・6)の「あとがき」として書かれた「二・二六事件と私」の一節である。

これによれば、三島は文学において、唯識を背景とする「世界解釈の小説」を書くことで試みているのと同種のことを、現実の人生でも行おうとしていることになろう。それはすなわち、世界の全体性や連続性を保証する根拠を見出すということである。『豊饒の海』においてその根拠となったのが、阿頼耶識もしくは「阿頼耶識と染汚法の同時更互因果」という概念であったのに対し、三島は現実の人生において、二・二六事件の将校や特攻隊の兵士の英霊たちの声を、世界の全体性や時間の連続性を支える根拠と見なそうとしているのだ。そして三島は今、英霊たちを鎮魂し、その声を代弁しようとする。そこからエネルギーを獲得しつつ、またそれが何を意味するかということを確かめつつ、三島は小説における自己回生の可能性に賭けて『豊饒の海』を書き続けるのである。

第十八章　「文化防衛論」と『暁の寺』

道義的革命と古今和歌集

「英霊の声」の執筆は、ハイデガー三部作について論じた際に触れた「日本的」なものの追究の具体的実践という意味も持っていた。そして、その発表を一つの契機として、三島は昭和四十一年の秋頃から自衛隊への体験入隊を密《ひそ》かに企図するようになる。これを知った「新潮」の編集者・菅原国隆は強く反対したが、三島は昭和四十二年四月十二日から五月二十七日まで、久留米の陸上自衛隊幹部候補生学校、陸上自衛隊富士学校、習志野第一空挺団での体験入隊を実行する。その動機について、「サンデー毎日」記者の徳岡孝夫には、「これは、まったくご推察にまかせます。どうとられようとかまひません」（「三島帰郷兵に26の質問」、「サンデー毎日」昭42・6・11）と答えているが、秋山駿との対談「私の文学を語る」（「三田文学」昭43・4）では、『英霊の声』を書いた時に、僕は、そんなことを言うと――まだ先のことですからわかりませんが――なにか自分にも責任がとれるやうな気がしたのです」と語っている。そうだとすれば、体験入隊は責任を取るということの最初の一歩に他ならない。では責任とはどういうことか。これについては、当時三島が書いた二篇の論文から知ることができる。

一つは、二・二六事件の首謀者の一人として銃殺された磯部浅一《あさいち》の未公表手記の発表に合わせて寄稿した『「道義的革命」の論理―磯部一等主計の遺稿について』（「文芸」昭42・3）である。そこで三島は、二・二六事件の精神史的意義を徹底的に追究した。それによれば二・二六事件は「ザイン（あるがままの存在の意―引用者注）の国家像を否とし、ゾルレン（実現すべき理想の意―引用者注）の国家像を是とする」「当為《ゾルレン》の革命、すなはち道義的革命」である。ただし、「ザインの中にゾルレンの核と萌芽が見出される筈」であり、その点で道義的革命は、共産革命における権力奪取とは異なり、「国体思想そのものの裡《うち》にたえず変革を誘発する契機」があるという。そして、捕えられたちまち死刑を求刑されながら、天皇による救済を楽観的に信じ続けた磯部の心理を、次のように分析した。

> （前略）ゾルレンの国家像はつひに崩壊し、ザインの悪によつて完全に包囲され、追ひつめられ、ゾルレンは最高度に純化されると共に、絶対的に孤立して、磯部の個的存在それ自体と完全に重複したのであるから、ゾルレンの究極の像であり、且つその玉体と神とは一体不二なる天皇と、磯部はもはや一体化してゐる筈である。磯部は自ら神となつた。神

が神自身を滅ぼすとは論理的矛盾である。神はその形代《かたしろ》を救済しなければならない。

（中略）

そのとき実は無意識に、彼は自刃の思想に近づいてゐたのではないか、と私は考へてゐる。天皇と一体化することにより、天皇から齎《もた》らされる不死の根拠とは、自刃に他ならないからであり（中略）現人神は、自刃する魂＝肉体の総体を、その生命自体を救済するであらうからである。

磯部は、実際には自刃をすることなく、求刑通り死刑に処された。しかし、三島は右のように考えて、磯部はゾルレンとしての天皇と自身を同一化するに至り、それは彼が自決することと別事ではないという論理を展開したのである。ここで、自刃が生命を救済するという考えについては、「英霊の声」で二・二六事件の将校の霊が、あるべき天皇の姿として夢想する、次のような情景を想起すれば理解しやすいであろう。それは、天皇が「その方たちの志はよくわかつた。（中略）今日よりは朕の親政によつて民草を安からしめ、必ずその方たちの赤心を生かすであらう」、「心安く死ね。その方たちはただちに死なねばならぬ」と命じる情景で、すると将校たちは直《ただ》ちに自刃し、そのことによってすべてが喜びのうちに浄化されるのである。

三島は二・二六事件について右のように論じる一方で、広島大学に赴任していた三島の学習院時代の恩師清水文雄の退官記念として、同大学学会誌に「古今集と新古今集」（『国文学攷』昭42・3）を寄せた。そこでは、古今集巻五の、「草もきも色かはれどもわたつうみの浪の花にぞ秋なかりける」という一首が引かれ、次のような意味のことが述べられている。

この歌の機巧は、移ろいやすい「花」も、「浪」に見立てられると、もっとも不変な「花」に変貌するというアイロニーにあるが、これを理解するためには、作者と鑑賞者は、「花」は儚《はかな》く、「秋」も儚い季節であるという観念や、「草」「木」や「海」は季節を表わす代表的な形象であるという観念を共有し、それ以外の情緒《シュテイムンク》を厳密に排除しなければならない。このような観念の秩序こそ、みやびの本質であり、そこでは「草木も王土のうちにあつて帝徳に浴するのである。しかし、みやびの力は、「この世のもつとも非力で優雅で美しいもの」であり、「そのやうな脆《もろ》い絶対の美を守るためならば、もののふが命を捨てる行動も当然であり、そこに私も命を賭けることができるやうな気がする」と三島は語っている。

右の二論文と「英霊の声」を読み合わせると、次のような論理が構築されていることがわかる。すなわち、あるべき天皇の姿を唱え、またみやびという文化秩序を守るためには、自らの生命を投げ出さねばならず、それは英霊の声を代弁し、さらには自ら英霊となる者が果たすべき責任だという論理である。これが、昭和四十二年当時の三島が到達した考えであり、三島は今この論理に従って、自衛隊への体験入隊を始めたと言える。

しかも、それは三島にとって、戦争中の時間を生き直すという意味を持っていた（第十六章でも、戦時中の時間の生き直しということについて述べたが、ここでも同趣旨のことを指摘できるのである）。というのも、右のような考え方の源泉は、当時三島が関わった「文芸文化」同人たちの考えの中にあるからである。特に蓮田善明は、「文芸文化」（昭14・11〜15・1）に連載された「詩と批評」で、古今和歌集について次のように言っている。

> 彼らがとらへた素材もまことに狭く、（直ちに月並になってしまふやうな）その心情も奔放でなかったが、友人清水文雄が言ふやうに彼らは、寧ろ、さくらや梅といふ代りに唯「花」といふ世界をこの世にまでうちたてた。彼らのうちたてた風雅の秩序は遂に此の現身《うつしみ》の世界を蔽うて、文化世界への変革をなしとげた。

この「風雅の秩序」こそみやびの世界である。蓮田はこれに先立ち、「死ねと命ずるものは又己を『花』たらしめるものである」（「詩のための雑感」、「文芸文化」昭14・6）とも言った。ところが、第四章で述べたように、三島は蓮田に「われわれ自身の年少者」、「悠久な日本の歴史の請《まを》し子」と呼ばれて世に送り出されたにもかかわらず、その後「文芸文化」から微妙な距離を取り、曖昧で特異な心境のまま終戦を迎えたのである。つまり、蓮田の言葉を本当の意味では摑んでいなかったのだ。三島は今はじめて、それを自分の問題として受け止めようとしたと言えるだろう。

祖国防衛隊

三島の体験入隊について人々はどのような受け止め方をしたかと言えば、ジャーナリズムや文壇の多くは好奇心と不審の目を向けたが、一方ではこれと共鳴する動きもあった。特に重要なのは、六十年代後半の左翼学生運動の高まりに対抗する形で起こった民族派、右翼青年の活動である。その一つは、昭和四十二年一月創刊の雑誌「論争ジャーナル」のグループで、林房雄の紹介により訪ねて来た同誌編集部の万代潔に心を強く打たれた三島は、以後万代や同誌の中辻和彦と密接な関係を結ぶようになる。もう一つは、昭和四十一年十一月十四日、早稲田学生連盟の呼びかけで結成された日本学生同盟（日学同）で、その中心人物の一人・持丸博は、後に楯の会の初代学生長となった。また、四十二年四月に早大日学同内に結成された国防部は、三島の仲介により七月に自衛隊北恵庭戦車部隊で体験入隊を行っている。

この頃から三島は、民兵組織の立上げを企図するようになる。三島はこれを、国土防衛隊、また祖国防衛隊（Japan National Guard）と名づけた。昭和四十三年一月一日の日付のある「祖国防衛隊はなぜ必要か？」（無署名、タイプ印刷）によれば、その目的は、間接侵略（外国の共産主義勢力によって引き起こされる内戦）に対して国の歴史と伝統を守ることだという。

三島のこのような企図は展開が速すぎて一見奇異とも見え、事実、日学同内には疑問視する声があった（宮崎正弘『三島由紀夫はいかにして日本回帰したのか』）。だが、『決定版三島由紀夫全集38』所収の書簡を見ると、三島は、体験入隊の便宜を図った藤原岩市《いわいち》（元陸上自衛隊調査学校校長）や三輪良雄（昭和三十九年十一月から四十二年十二月まで防衛事務次官）、入隊時に三島の世話役を務めた菊地勝夫ばかりでなく、岩崎寛弥（三菱財閥創業者弥太郎の曾孫）や桜田武（当時日経連代表常任理事）らとも面談を重ね、自らの考えを強く訴えている。それらの書簡からは、民兵組織の具体化に理解を示す者が、三島の周辺に少なからず存在していたことを窺うことができるのである。

こうして急進的な右翼思想家の顔を身につけることになった三島は、「文化防衛論」（「中央公論」昭43・7）を発表して、「『道義的革命』の論理」や「古今集と新古今集」の論理を先に進め、みやびの源流である「文化概念としての天皇」を守るために「天皇と軍隊を栄誉の絆《きずな》でつないでおくことが急務」だと唱えるに至った。また、日学同から「論争ジャーナル」側に移っていた持丸をリーダーとする学生を引率して、昭和四十三年三月には陸上自衛隊富士学校滝ヶ原分屯地で共同の体験入隊を行った。その際、スキーで骨折し療養中だった早大の学生が、一週間遅れで参加する。後に楯の会二代目学生長となり、三島とともに自刃することになる森田必勝《まさかつ》だった。

世界は存在するか

この昭和四十三年三月は『奔馬』の執筆が最終段階にさしかかった頃で、七月一日には『豊饒の海』第三巻『暁の寺』（「新潮」昭43・9〜45・4）が起筆されている。そこで三島は、改めて唯識の考えに正面から取り組もうとした。民兵組織の構想に熱意を傾ける三島の姿を見ると、文学創作によって自己回生を図ろうとする思いは既に破棄されたようにも思われ、事実、三島にもそう考える瞬間があったであろうが、その一方で、当時の三島の一連の行動は、すべてそこから得られたエネルギーを梃子《てこ》にして、ライフワークとしての『豊饒の海』を執筆するためのものであったことを忘れてはならない。

だが、先述のように、小説の構成に唯識をいかに生かすべきか、三島はまだ確たる手応えを摑んでいなかった。それ故、『暁の寺』の執筆は苦渋に満ちたものとなり、作品の完成度も実のところ高いとは言えない。しかし、だからこそそこには、追い詰められた三島が、ギリギリの地点で文学に賭けようとしたものの核心を読み取ることができる。楯の会と森田のことは次章で扱うことにし、ここでは『暁の寺』が孕む問題に光をあてることにしよう。

『暁の寺』は『豊饒の海』四巻の中で唯一、二部構成になっている。第一部は昭和十六年の話で、四十七歳になった弁護士の本多は仕事でタイを訪れ、タイ王室のジャントラパー姫（月光姫、ジン・ジャン）に謁見する。すると、満七歳の姫は身を震わせて泣きながら、自分は勲の生まれ変わりだと叫ぶのである。衝撃を受けながらも輪廻の実在を確信した本多は、インドのベナレス、アジャンタなどを旅行した後、帰国して輪廻転生の研究に専念しながら終戦までの時を過ごす。第二部は昭和二十七年、十八歳になった姫が留学のため来日するのだが、初老を迎えた本多は、彼女に恋愛感情を抱き、その裸体を見ることを熱望する（なお、三島は昭和四十年にタイ、四十二年にインド、タイなどを訪れており、『暁の寺』の記述にはその経験が生かされている）。

一、二巻に比べると、これは極めて奇怪な内容である。それまでは、転生の当人を主人公とするラブロマンスやテロリストの英雄譚という形式を備えていたが、『暁の寺』では副主人公格に過ぎなかった本多が表面に現われ、彼が転生者に対してどのように関わってゆくか、という点に物語の中心が置かれているのである。これは、そもそも『豊饒の海』が、主人公の転生によって全体が円環をなす物語として構想されたことを考えると、小さな変更とは言えない。

その意味でも、『暁の寺』は成功作とは言い難いのだが、次のように考えると、この作品は極めて切実なリアリティを持っていることが浮かび上がる。すなわち、目の前に現われた転生者との恋が成就するかどうかという問題には、小説創作によって虚無を乗り越え自己回生を図ることは可能かどうかという三島自身の賭けが重なり合っているのだ。その賭けの成否は、三島本人にも事前にわからなかった。それ故、『暁の寺』の一文一文の展開は、それでもって作者三島の命運が占われるような切迫感を帯びるに至っているのである。

この問題は、『暁の寺』第一部では、転生や、転生を説明する理論である唯識を、本多がどのように受け止めるかという問いとして問われている。つまり、本多はそこから生を肯定する力を得るのか、それとも生を否定するニヒリズムに襲われるのかという問いである。既に『奔馬』においても、勲は清顕の生まれ変わりではないかと考えた時点で、本多は自らも蘇るかのような深い生の歓びを覚える反面、「ひとたび人間の再生の可能がほのめかされると、この世のもつとも切実な悲しみも、たちまちそのまことらしさとみづみづしさを喪つて、枯葉のやうに落ち散るのが感じられた。（中略）それは考へやうによつては、死よりも怖ろしいものであつた」という思いに襲われていた。『暁の寺』第一部後半の十九、二十節では、この問いが一つの頂点にまで突き詰められる。

それは、先述の「阿頼耶識と染汚法の同時更互因果」という概念をめぐって展開する。そこで本多は、もしあらゆる存在は心が作り出した仮のものに過ぎないのであるなら、なぜそれらは実在するものとして現われるのかという問いに関して、次のように自問を続ける。

　第七識までがすべて世界を無であると云ひ、あるひは五蘊《ごうん》悉《ことごと》く滅して死が訪れても、阿頼耶識があるかぎり、これによつて世界は存在する。（中略）しかし、もし、阿頼耶識を滅すれば？

　しかし世界は存在しなければならないのだ！

　従つて、阿頼耶識は滅びることがない。滝のやうに、一瞬一瞬の水はことなる水ながら、不断に奔逸し激動してゐるのである。

　世界を存在せしめるために、かくて阿頼耶識は永遠に流れてゐる。

　世界はどうあつても存在しなければならないからだ！

　しかし、なぜ？

　なぜなら、迷界としての世界が存在することによつて、はじめて悟りへの機縁が齎らされるからである。

　世界が存在しなければならぬ、といふことは、かくて、究極の道徳的要請であつたのだ。

　本多は、ここに「同時更互因果の理が生ずる」と理解し、これが唯識の核心であると考えた。この問題が実際に唯識でどのように論じられているかについては、本書では詳説する余裕がないので、長尾雅人『摂大乗論　和訳と注解　上』（講談社、昭57・6）などを参照されたいが、ここで本多が行っていることは明白である。彼は、唯識は決してニヒリズムの思想ではなく、そこでは間違いなく世界の存在が保証されていることを改めて確認しようとしているのであり、このような手続きを経て、本多は輪廻という考え方から、生を肯定する強い力を受け取るようになるのである。そして、それは小説創作によって自己回生を図ろうとする三島の賭けを勝利に導くことであり、同時に、『金閣寺』や『鏡子の家』で展開された世界崩壊と虚無を打ち消すことでもあった。

　だが、それが「究極の道徳的要請」とされるばかりで、本多の実感に裏づけられていない点には、すべてを覆す危険が潜んでいた。事実、唯識を研究する本多の周囲に広がるのは、「阿鼻叫喚の名残が漂つてゐるやうな」空襲後の東京の焼趾なのである。本多を取り巻く世界は破局を迎えていたのであり、阿頼耶識から生み出された存在とは、まさに廃墟であったという逆説が、『暁の寺』には描かれることになる。そうだとすれば、本多が転生や唯識の考えから生を肯定する力を得ることができるか否かという問いに対する答は、まさに二つの正反対の方向に引き裂かれていることになろう。それはそのまま、『暁の寺』第二部の本多の恋の行方に引き継がれることになる。

第十九章　ジン・ジャンと死

楯の会

前章で引用した『暁の寺』十九、二十節は、「新潮」の昭和四十四年五月号に掲載されている。そして、六月号から『暁の寺』第二部が始まった（～「新潮」昭45・4）。この間、三島の祖国防衛隊構想は激しく揺れ動くのだが、『暁の寺』における本多の恋の行方には、小説創作による自己回生の企図の成否のみならず、民兵組織の具体化の成否と照応している面もあった。

昭和四十三年十月五日、学生を伴った第二回自衛隊体験入隊（昭43・7・25～8・23）の反省会の後、三島は学生たちとの民兵組織である楯の会の結成を記者発表する。会の名称は、橘《たちばな》曙覧《あけみ》の和歌「大皇《おほきみ》の醜《しこ》の御楯といふ物は如此《かか》る物ぞと進め真前《まさき》に」にちなむもので、これは将来、祖国防衛隊の中核となるべき組織であった。翌四十四年十一月三日には、国立劇場屋上にて結成一周年記念パレードが挙行されるが、その際配布されたパンフレットには、『楯の会』のこと」と題して、次のように記されている。

私が組織した「楯の会」は、会員が百名に満たない、そして武器も持たない、世界で一等小さな軍隊である。毎年補充しながら、百名でとどめておくつもりであるから、私はまづ百人隊長以上に出世することはあるまい。

（中略）

しかし私の民兵の構想は、話をする人毎に嗤はれた。日本ではそんなものはできつこないといふのである。そこで私は自分一人で作ってみせると広言した。それが「楯の会」の起りである。

（中略）

ヨーロッパ諸国では想像のつかないことであるが、わづか一ヶ月でも軍事訓練を受けた民間青年といふものは、自衛隊退職者を除き、日本では「楯の会」のほかには一人もゐないのである。従ってわづか百人でも、その軍事的価値は、相対的に高い。いざといふ場合は、その一人一人がどうにかかうにか五十人づつを率ゐることができ、後方業務、警備、あるひは遊撃、情報活動に従事することができるからである。

このように三島の民兵構想は着実に実を結んでいったように見える。ところが、前章で触れた藤原岩市、三輪良雄、菊地勝夫宛書簡や、昭和四十三年から翌年にかけて青年たちの訓練を指導した山本舜勝《きよかつ》（陸上自衛隊調査学校情報教育課長）宛書簡などをよく読むと、その実態は極めて困難に満ちたものだったことが見えてくる。当初三島は、政財界の協力のもとに制度化される国家的な機関としての民兵組織を構想していた。しかし、理解者と見えた者も、三島の構想に詳しく接するにつれ、その考えが過激で現実離れしているように思われて次第に距離をとるようになる。なかでも桜田武は、三島に「君、私兵なぞ作ってはいかんよ」と言って三百万円の援助を切り出したというが（山本舜勝『自衛隊「影の部隊」』）、それは三島にとって、自らの企図を侮辱され、端金《はしたがね》で中止を求められたも同然だった。桜田への怒りを三島から訴えられた山本も、四十四年七月に調査学校副校長に就任した頃以降、徐々に三島から離れてしまう。

問題は楯の会内部にも生じていた。陸上自衛隊富士学校滝ヶ原分屯地での楯の会の第四回体験入隊（昭44・7・26〜8・23）の頃から、会の主要メンバーである中辻和彦、万代潔らと三島との間の齟齬《そご》が次第に表面化した。背景には、財政難に陥った「論争ジャーナル」への資金援助を、中辻らが三島の意に反して右翼活動家の田中清玄に求めていたことなどがあり、まもなく彼らは楯の会を退会してしまう。また、三島の片腕として楯の会初代学生長を務めた持丸博も、楯の会の仕事に専念してくれれば生活を保証するという三島の提案を断って楯の会を退会した。

このように見てくると、楯の会のパレードが企画、実施される一方で、三島の民兵構想はその基盤から揺らいでおり、前途は極めて厳しいものになっていたことがわかる。

ジン・ジャン

『暁の寺』第二部で本多は、留学のため来日したジン・ジャンに恋愛感情を持ち、容易に叶わぬ恋に焦燥するが、そこには小説創作による自己回生の企図も、民兵組織の具体化の企図も、いずれも簡単には実現しないことによる三島自身の不安と苛立《いらだ》ちが重ね合わされている。やがて三島は、右の二つの企図を実現するためには、何をなすべきかという問いに、次のような形で答えるに至った。これは、本多の別荘のプール開きに、ジン・ジャンを含む知人たちを招いた際の本多の独白である（初出掲載は『暁の寺』最終回の「新潮」昭45・4）。

……現実のジン・ジャンは（中略）本多の見るかぎりのジン・ジャンである。美しい黒い髪を持ち、いつも微笑をうかべ、約束はつねにあやふやな、さうかと思へばひどく決然とした、感情の所在の不透明な少女である。しかし見るかぎりのジン・ジャンが凡《すべ》てではないことは明らかであり、見えないジン・ジャンに焦がれてゐる本多にとつては、恋は未知に関はつてをり、当然ながら、認識は既知に関はつてゐる。認識をますます推進させ、未知を認識によつて却掠《ごふりやく》して、既知の部分をふやして行けば、それで恋が叶ふかといふと、さうは行かない。本多の恋は、認識の爪のなるたけ届かない遠方へ、ますますジン・ジャンを遠ざけようとするからである。

（中略）

今にして明らかなことは、本多の欲望がのぞむ最終のもの、彼の本当に本当に本当に見たいものは、彼のゐない世界にしか存在しえない、といふことだつた。真に見たいものを見るためには、死なねばならないのである。

これは小説創作の文脈に置き換えれば、第十七章で述べたような全体小説や「世界解釈の小説」の理念の不可能性は、作家自身の死によってしか乗り越えられないということであり、民兵組織の文脈で言えば、第十八章で述べたように、死によって自ら英霊となり、あるいは天皇と同一化することこそが、最終的に目指すべき地点であるということである。三島は、死ぬためではなく自己回生のために『豊饒の海』の執筆を企図したはずであり、また自死を表立《おもてだ》っての目標として民兵組織を企画したわけでもなかった。しかし、どちらの文脈においても、明らかに死を求めざるをえないような場所にまで三島は導かれつつあった。あるいは、その帰着点は元々死の他にはありえなかったと言うべきであろう。ジン・ジャンへの愛はそれを象徴しており、端的に言えば、ジン・ジャンへの愛は死への愛なのである。

では、現実の時空間の中で、三島に死をもたらすと思われるような出来事は存在したのだろうか。七十年安保に向けた新左翼の騒乱（特に十月二十一日の国際反戦デー）は、三島にその可能性を信じさせる事件だった。

昭和四十三年の国際反戦デーは、新左翼各派のデモ隊が機動隊と衝突して騒乱罪が適用される事態となり、三島は楯の会会員とともに山本舜勝の指導を受け、都内各所で状況を見て回った。そして、四十四年の国際反戦デーや七十年安保闘争において、騒動が内乱に拡大し、自衛隊が治安出動する直前に楯の会が先遣隊として出動するような事態が訪れることを、三島はほとんど信じるまでになっていたという（村松剛『三島由紀夫の世界』）。その騒乱の中で斬死することを、三島は半ば本気で期待していたのではないだろうか。死こそ、三島にとってかけがえのない救いとなったのだ。それは、第六章で述べた、死がすべてを終わらせるという観念による救済に近いが、今三島は自らそれを意志的に求めようとしている点において、以前の場合とは全く異なる。

森田必勝と源為朝《ためとも》

そして、このような三島の精神と行動にぴったりと寄り添ったのが、昭和四十四年秋から持丸に代わり楯の会二代目学生長となった森田必勝であった。森田は昭和二十年七月、四日市に生まれたが、二十三年には父母を相次いで亡くしている。自民党の政治家河野一郎に憧れ、その母校である早稲田大学に進学し、日学同および早大国防部の結成に参加したが、四十四年二月に日学同を脱退した。学生を引率した三島の第一回体験入隊に一週間遅れで参加したことは前章に述べた通りである。

三島と森田の間には深い精神の共鳴があったが、それは単に共通の右翼思想を信じていたというような次元の問題ではない。たとえば、森田の高校時代の日記には「おれの心を本当に判ってくれるのが、この世の中に何人いるだろうか？　一人もいないのでは、ないだろうか？　いやいる。自分というものが居るじゃないか。いやそうじゃない、自分も本当の自分が判らないのではないだろうか」（昭37・1・29）、「死にたくないが、死についてすごくあこがれる。このままポッと死んでしまったところで悲しむ者はいない」（昭37・10・19）などといった言葉が繰り返し読まれる（森田必勝遺稿集『わが思想と行動』）。このような繊細で不安定な精神状態から、極端な行動へと跳躍する傾向が森田にはあるが、それが三島自身の持っている傾向と相似形を描いていたことは間違いないであろう。

ところで、当時の三島の存在のあり方は、『豊饒の海』だけでなく、戯曲作品にも反映していた。「劇団ＮＬＴ」を名乗っての最初の公演である「朱雀家の滅亡」（第十五章参照）では、三島は主人公の朱雀経隆《つねたか》に託して、天皇への忠義が天皇との同一化に繋がる心理を描いた。また、「わが友ヒットラー」（紀伊国屋ホール、昭44・1・18〜31）では、ヒトラーに粛清されたエルンスト・レームに託して、裏切りにもかかわらず盲目に信じ続けることの美学を描いた。ちなみに、昭和四十三年四月、三島は松浦竹夫とともに、劇団ＮＬＴを脱退し劇団浪曼劇場を結成したが、「わが友ヒットラー」はその第一回公演である。

そして、三島は「むすめごのみ帯取池《むすめごのみおびとりいけ》」以来十一年ぶりとなる新作歌舞伎「椿説《ちんせつ》弓張月」（国立劇場、昭44・11・5〜27。執筆は昭44・5・28〜9・1）を世に問うた。これは、保元の乱に敗れ大島に流された後、漂泊を重ねて琉球に渡ったとされる源為朝の伝説的生涯を描く曲亭馬琴の読本《よみほん》を原作とするもので、国立劇場開場三周年記念公演として、八世松本幸四郎（白鸚）が為朝を演じた。華々しい成功から見放されて挫折を重ねながらも崇徳上皇への忠義を貫く為朝は、倭建命から二・二六事件の青年将校にまで至る系譜上の存在であり、そこにはゾルレンとしての文化概念であるところの天皇像とともに、三島自身も投影されているのである。

第二十章　豊饒なる仮面

世界の崩壊

　ところが、昭和四十四年の国際反戦デーでは、警備力を強化した機動隊が新左翼勢力を簡単に鎮圧し、自衛隊が治安出動するには至らなかった。七十年安保を前に、新左翼の運動は退潮し、先遣隊としての楯の会の出番が求められるような事態が生じることは現実味を失ってしまったのである。三島は、十月三十一日に、楯の会の幹部（班長）らを自宅に呼び、国際反戦デーも不発に終わり過激派学生に対する治安活動もなくなったが、楯の会はどうするべきか、と問うた。これに対し森田は、楯の会と自衛隊で国会を包囲し憲法改正を発議させたらどうか、と答えている。現行憲法下では、「天皇と軍隊を栄誉の絆《きづな》でつないでおくこと」（「文化防衛論」）は困難だとの認識に基づく答だが、三島は、武器の問題もあり、国会会期中は難しい、と返答した。十一月は楯の会のパレードが行われ、「椿説弓張月」も公演されていたが、実態はこのような状況だったのである。

前章でジン・ジャンへの愛は死への愛だと述べた際に引用した『暁の寺』の文章も、実を言えば昭和四十四年の国際反戦デー以降に書かれたものと思われ、その意味でこれは、既に死の可能性が遠のきつつある中で、自分にとっての死の意味を、三島があえて問い直そうとしたものとも言えるのである。こういう事態を受けて、『暁の寺』は次のような結末を迎えるに至った。ジン・ジャンを別荘に泊めた本多は、その夜覗き穴からジン・ジャンの寝室を窺う。そして、彼女がレズビアン行為に耽っている様子と、その腋に清顕以来の転生者の印である黒子《ほくろ》があることをわが目で確かめ、自らの恋が決して成就しないことを確信するのである。

『小説とは何か』（新潮社、昭47・3）によれば、『暁の寺』の脱稿時、三島は「いひしれぬ不快」に襲われたといい、その心境について、次のように説明している。

すなはち、「暁の寺」の完成によつて、それまで浮遊してゐた二種の現実（作品内の現実と作品外の現実のこと―引用者注）は確定せられ、一つの作品世界が完結し閉ぢられると共に、それまでの作品外の現実はすべてこの瞬間に紙屑になつたのである。私は本当のところ、それを紙屑にしたくなかつた。それは私にとつての貴重な現実であり人生であつた筈だ。しかしこの第三巻に携はつてゐた一年八ヶ月は、小休止と共に、二種の現実の対立・緊張の関係を失ひ、一方は作品に、一方は紙屑になつたのだつた。

（中略）

私はこの第三巻の終結部が嵐のやうに襲つて来たとき、ほとんど信じることができなかつた。それが完結することがないかもしれない、といふ現実のはうへ、私は賭けてゐたからである。

（中略）

しかしまだ一巻が残つてゐる。最終巻が残つてゐる。「この小説がすんだら」といふ言葉は、今の私にとつて最大のタブーだ。この小説が終つたあとの世界を、私は考へることができないからであり、その世界を想像することがイヤでもあり怖ろしいのである。

「それが完結することがないかもしれない、といふ現実のはうへ、私は賭けてゐた」というのは、斬死による作品の中断に賭けていたという意味であろうが、ここに述べられているのは、極めて奇怪な、そして恐るべき事態である。

『豊饒の海』執筆時の三島にとって、作品外での一連の行動は、それ自体が目的であるというより、むしろそこから得られたエネルギーを梃子《てこ》にして小説を書き進めるためのものであった。しかし、「英霊の声」や「文化防衛論」を発表し、楯の会の活動を展開するにつれて、そのこと自体が自己目的化され、究極的には死による天皇との同一化が目指されるようになる。

ところが、実際に楯の会の出番が求められる事態が失われた時、三島を襲った絶望感は『暁の寺』の展開を左右し、それはジン・ジャンへの本多の恋が破れるという筋として現われたのである。そして、それは小説創作によって自己回生しようとする試みが灰燼に帰すことを意味し、するとそのことが三島にとっての作品外の世界のあり方に影響を及ぼして、「一つの作品世界が完結し閉ぢられると共に、それまでの作品外の現実はすべてこの瞬間に紙屑に」なってしまうのである。

このように、右に引用した『小説とは何か』の文章は、只事とは言えぬ内容を伝えている。本書で述べてきたように、三島は『鏡子の家』が世に受け容れられなかった時以降、深刻な虚無に蝕まれ、綱渡りのような生き方を続けてきた。昭和四十年以降は、『豊饒の海』を執筆し、「英霊の声」を発表し、民兵構想のために精力的に活動してきた。ところが、今すべてが失速してしまった。『金閣寺』や『鏡子の家』で描かれ、『暁の寺』第一部では「阿頼耶識と染汚法の同時更互因果」という概念によって打ち消されかけた世界崩壊の危機が、三島という人間そのものの存在崩壊の危機とともに、生々しい脅威として迫り来る。最終巻が「終つたあとの世界を、私は考へることができない」というが、その「考へることができない」ものが、既に三島を襲っているのである。

天《てん》人《にん》五《ご》衰《すい》

脱稿した『暁の寺』の原稿を、新潮社の編集者である小島喜久江（千加子）に三島が渡したのは、昭和四十五年二月二十日である。三月一日から二十八日までは、陸上自衛隊富士学校滝ヶ原分屯地に、楯の会会員を引率して五回目の体験入隊を行っている。それまで毎月連載を欠かさなかった『豊饒の海』は、この時はじめて二ヶ月休載され、第四巻『天人五衰』は「新潮」七月号から連載が始まった（〜昭46・1）。この、昭和四十五年二、三月前後の時期は、三島の生涯において、もっとも深刻な危険に満ちた時期である。しかし、二つの計画を立てることによって、三島は「世界崩壊」と「存在崩壊」の危機を、鮮やかに乗り切った。その計画とは、斬死による死の機会が与えられないのであれば自ら命を絶つという自刃の計画であり、同時に『豊饒の海』を文学史上類例のない作品として完結させようという執筆計画であった。

このうち後者については、昭和四十五年三月から四月頃に書かれた創作ノートが残されている。そこでは当初、老人となった本多が第三巻に続く転生者を探し続けた果てに、阿頼耶識そのものであるような若い青年に出会い、彼の導きによって解脱に導かれるというハッピーエンドも模索されていた。ノートの余白には、連載期間は一年四ヶ月ほどになることを計算したメモも記されており、この時点ではおよそ八ヶ月後の死が三島本人にとっても未だ想定外だったことがわかる。だが、この素案をどのように展開すべきか三島は考えあぐね、結局当初の構想とは全く異なる内容が最終的な筋立てとして選ばれることになった。発表された『天人五衰』の筋は、次のようなものである（なおこの表題は、天界の住人に死の兆しとして現われるという五つの衰弱を指す言葉にちなむものである）。

七十六歳になった本多は、第四の転生者である透を養子に迎える。しかし、彼は偽の転生者であり、本多と同様に内心の虚無に蝕まれていた。透は自殺を図るが失敗し、その後遺症で失明する。病を得た本多は、清顕のかつての恋人で月修寺門跡となった聡子を六十年振りに訪ねる。しかし、聡子から、清顕という人物に会ったことなどないし、その名を聞いたこともない、すべては本多の夢物語ではないかと告げられ、次のような会話を交わすのである。

「しかしもし、清顕君がはじめからゐなかつたとすれば」と本多は雲霧の中をさまよふ心地がして、今ここで門跡と会つてゐることも半ば夢のやうに思はれてきて、あたかも漆の盆の上に吐きかけた息の曇りがみるみる消え去つてゆくやうに失はれてゆく自分を呼びさまさうと思はず叫んだ。「それなら、勲もゐなかつたことになる。ジン・ジャンもゐなかつたことになる。……その上、ひよつとしたら、この私ですらも……」

門跡の目ははじめてやや強く本多を見据ゑた。

「それも心々《こころごころ》ですさかい」

この『天人五衰』の結末部分には、あらゆる存在は心（識）が作り出した仮のものに過ぎず、さらに実はこの心も存在しないと説く唯識の考えが反映している。しかしそれは、人を悟りへと導く仏教としての意味を失い、虚無に蝕まれた本多という存在を解体させてしまうニヒリズムの思想として扱われている。さらに、三島はここで第一巻『春の雪』以降展開してきた転生の物語としての『豊饒の海』という作品世界全体をも、解体しようとしている。というのも、先立つ巻の主人公の存在が否定されているからで、小説が、その小説の世界自体を否定しているのである。近代文学の歴史において、かつてこのような作品が存在したであろうか。

第十七章冒頭で、『豊饒の海』に大きな構想変化があったとすれば、どの時点であろうかという問いを発したが、それはまさに、この『天人五衰』起筆の時であった。ここで三島は、世界の全体を捉え解釈するような小説を書くことで自己回生を目指すという企図を、もはや完全に捨て去る。しかし、その反対に、もし人間の生きる現実や歴史を総体として表現しようとする全体小説や「世界解釈の小説」の試みが不可能であるのであれば、むしろ逆に、文学において虚無というものをこれ以上ない形で表現しようとしているのである。三島はそうすることで、

『豊饒の海』をそれまでの文学史に類例のない独自の作品として完成させたのだ。ただし、それは自刃とともに計画されることによって、はじめて可能になった。

三島由紀夫の最期

では、その死はどのように計画され、そして実行に移されたのか。『暁の寺』の脱稿後、翌月の陸上自衛隊での体験入隊を終えるまでの期間中に、三島は森田との間で立案を始めたと推定される。そして四月には、楯の会会員の小賀正義（神奈川大学学生）、小川正洋（明治学院大学学生）に計画への参加が打診され、二人はともに承諾した（伊達宗克『裁判記録「三島由紀夫事件」』）。一方三島は、新潮社の新田敞に今後の計画（武ではなく文に生きた人物としての定家を描く歴史小説など）を忘れてくれるように頼み、また評論家の村松剛と佐伯《さえき》彰一に対しては、同人として加わっていた「批評」について、その廃刊を提案している。ただし五月の時点では、楯の会と自衛隊がともに武装蜂起して国会に入り、憲法改正を訴える方法が最も良いという考えを三島は抱いていたが、その具体的な方法は未定であった。

しかし六月になると、三島は、自衛隊は期待できないから自分たちだけで実行しよう、その方法として、自衛隊の弾薬庫を占拠してこれを爆破すると脅すか、東部方面総監を拘束するかして自衛隊員を集合させ、自分たちの主張を訴え、決起する者があれば、ともに国会を占拠して憲法改正を議決させよう、と提案した。そして四人の討議の結果、十一月の楯の会二周年記念パレードの際に総監を拘束するという方策がとられることになり、さらに拘束の相手は三十二連隊長に変更されることになった。七月には、楯の会十一月例会の日に、市ヶ谷駐屯地のへリポートにおける楯の会の訓練中に三十二連隊長室を監禁する案が検討され、九月には古賀浩靖（神奈川大学卒業）が新たに同志に加えられる。三島は古賀に、自衛隊員中に行動をともにする者は出ないだろうが、いずれにせよ自分は死なねばならぬ、決行日は十一月二十五日だ、と伝えた。一方三島は、八月に滞在先の下田東急ホテルへドナルド・キーンを招くなどして、旧知の人物に心の中で別れを告げるようになる。その際、キーンは三島から『天人五衰』の結末部分の原稿を示されたという（ドナルド・キーン『声の残り　私の文壇交遊録』）。

十月十九日、三島、森田ら五名は東條会館にて楯の会の制服を着用して記念撮影を行う。十一月三日、六本木のサウナ・ミスティに集まった四名に対し、三島は全員自決するとのかねてからの計画の変更を伝え、小賀、小川、古賀の三名に、連隊長を護衛し、逮捕されて法廷で楯の会の精神を明らかにするという任務を与えた。また、十一月十二日から十七日まで池袋の東武百貨店で「三島由紀夫展」開催し、また劇団浪曼劇場における「サロメ」（紀伊国屋ホール、昭46・2・15〜24）を事実上自ら企画する追悼公演として準備するなど、ある意味で三島は自死を劇化してゆく。

十一月十九日、新宿伊勢丹会館後楽園サウナで当日の時間配分を打ち合わせ、要求が通らない場合は連隊長を殺しても良いかという森田の問いに対し、連隊長は無傷で返さなければならないと三島は答える。ところが、二十一日、三十二連隊長が決行当日不在であることが判明し、拘束の相手は東部方面総監に変更された。そして、二十三日から翌日にかけて、パレスホテル五一九号室において決起行動の予行演習が行われ、二十四日夜は、新橋の料亭・末げんで別れの宴が開かれた。

十一月二十五日、擱筆日（十一月二十五日）を記入した『天人五衰』最終回の原稿が家政婦から新潮社の小島喜久江に手渡されるよう手はずを整えた後、三島は軍刀用にこしらえた日本刀（関孫六）、短刀二本、檄文コピー多数などを携えて、森田ら四名とともに小賀の運転する自動車で三島宅を出発した。十一時頃市ヶ谷駐屯地の東部方面総監部二階の総監室に入り、益《まし》田《た》兼利総監に森田ら四名を紹介する。そして、隙を見て五人で総監を拘束して総監室にバリケードを築き、事態に気づいて総監を救助しようとした陸将補・山崎皎（幕僚副長）らに対し、総監室から出ないと総監を殺すと脅迫して、日本刀などにより計八名に傷害を与えた。三島は演説を行うので自衛官を集めるよう要求し、正午に自衛官約八百名が集められる。

総監室前のバルコニーで演説を開始した三島は、天皇を中心とする日本の歴史と伝統を守るという建軍の本義に戻るためには憲法改正が必要で、そのために、ともに命を賭けて立ち上がるよう自衛官に呼びかけた。しかし、野次を飛ばすなど自衛官の反応は冷ややかで、ヘリコプターの騒音などもあったため、十分ほどで演説を終えて総監室に戻り、バルコニーに向かうように正座して割腹した。そして、森田が三太刀介錯を試みたが果たさず、古賀が一太刀振るって頸部を首の皮一枚残すという古式に則《のっと》って切断、最後に小賀が短刀で首の皮を胴体から切り離した。ついで、三島と隣り合って森田も切腹し、古賀が一太刀で介錯した。

仮面を超えて

私たちは、三島由紀夫の最期をどのように受け止めたらよいであろうか。三島は英霊の声の代弁者となったが、彼ははじめからそうであったのではない。しかし最終的には自らの意志で、代弁者であることを選び、ついには英霊その者になろうとしたのである。それは素顔を見せたというよりも、仮面を被ることによってサドマゾヒスティックな衝動を解放する行為に他ならないのだが、だからと言って、その思想性を否定することはできない。いかに奇矯な、また反社会的な事件のように見えようとも、それが天皇の人間宣言や戦後憲法の問題に対して鋭い刃を突きつけるものであることは間違いなく、三島の死は昭和零年世代の行為としても深い精神史的意味を持っているのである。同時に、三島は死と引き換えに、昭和三十年代後半の、そして『暁の寺』脱稿時の存在の危機を乗り越え、作家としての顔も全《まっと》うした。その顔も一つの仮面であるが、三島は一度は亀裂が走り崩壊しかけた仮面を脱ぎ捨てることなく、虚無の深淵を、他の文学作品には容易に見出せぬ高い水準で鋭く描き抜いたのである。

それにしても、いったいなぜ三島は、このようなことを行いえたのか。一つ言えるのは、早くから自分は何者でもなく無であるという恐怖に向き合い続けていたことこそが、三島を余人に為《な》しえぬ文学と行為の高みにまで飛翔させたということである。虚無を凝視し、虚無から凝視される者こそが、もっとも高く飛翔しうるのだ。

しかし私は、最後にあえてもう一歩、歩みを進めてみたい。それは斬首された三島の写真を見て、また三島由紀夫文学館に収蔵された生原稿を見た時に、心に浮かんだ考えである。そこには、単なる物象としての死体のみが残され、単なる物象としての原稿用紙のみが残されている。こういう場所から、『天人五衰』の末尾を読み直すと、違った風に見えてこないだろうか。それは、本多が先に引用した門跡との対話の後で、月修寺の庭に案内される場面である。

芝のはづれに楓を主とした庭木があり、裏山へみちびく枝折戸《しをりど》も見える。夏といふのに紅葉してゐる楓もあつて、青葉のなかに炎を点じてゐる。庭石もあちこちにのびやかに配され、石の際に花咲いた撫子《なでしこ》がつつましい、左方の一角に古い車井戸が見え、又、見るからに日に熱して、腰かければ肌を灼《や》きさうな青緑の陶《すゑ》の榻《たふ》が、芝生の中程に据ゑられてゐる。そして裏山の頂きの青空には、夏雲がまばゆい肩を聳《そび》やかしてゐる。

これと云つて奇巧のない、閑雅な、明るくひらいた御庭である。数珠を繰るやうな蟬の声がここを領してゐる。

そのほかには何一つ音とてなく、寂寞《じやくまく》を極めてゐる。この庭には何もない。記憶もなければ何もないところへ、自分は来てしまつたと本多は思つた。

庭は夏の日ざかりの日を浴びてしんとしてゐる。……

そこには何もないと言われる。しかし、庭があり、青空があり、蟬の声があり、日ざかりの光があるのである。つまり、そこには単なる物象が、物象と言って悪ければ、現象があるのだ。ひとたび、こういう地点に立って見るならば、ジン・ジャンに対する本多の恋も、小説を書くことによって自己回生を図る三島の企図も、昭和の精神史も、マゾヒズムや虚無の深淵も、高みへの飛翔も、すべては仮面であることも、生きることも死ぬことも、何もかもが幻に過ぎない。しかし、ただ現象がある。このことだけで、世界は過不足なく満たされている。

このように読むならば、『豊饒の海』の結末は、究極の救済を指し示しているとは言えないだろうか。それは、真の意味で唯識と『豊饒の海』が、そして宗教と文学が交わる地平かもしれない。三島はこのような作品を、私たちの前に差し出しているとも言えるのである。

略年譜

大正十四年（一九二五）
一月十四日、東京の四谷に生まれる。父・梓《あずさ》、母・倭文重《しずえ》。幼時より病弱で、祖母・夏子が自室で育てた。

昭和六年（一九三一）
四月、四谷にある学習院初等科に入学。

昭和十二年（一九三七）
四月、目白の学習院中等科に進学。祖母と離れ、両親妹弟とともに松濤《しょうとう》で暮らすようになる。この頃、セバスチャンの殉教図やオスカー・ワイルドの『サロメ』と出会い、衝撃を受ける。

昭和十五年（一九四〇）
この頃さかんに詩作し、川路柳虹の指導を受ける。ラディゲの影響を受け、その模作を試みる。

昭和十六年（一九四一）
学習院教官の清水文雄の推薦、仲介により、小説「花ざかりの森」を「文芸文化」（九月〜十二月）に連載。

昭和十七年（一九四二）
三月、学習院中等科を席次二番で卒業。高等科文科乙類（ドイツ語クラス）に進学する。東健らと同人誌「赤絵」を創刊。父・梓が農林省水産局長を退き、日本瓦斯《ガス》用木炭株式会社社長に就任。

昭和十九年（一九四四）

五月、本籍地の兵庫県で徴兵検査を受け、第二乙種合格。九月、戦時下の学業短縮措置により学習院高等科を首席で卒業、十月に東京帝国大学法学部に推薦入学する。同月、七丈書院より初の小説集『花ざかりの森』を刊行。この頃から、『仮面の告白』の園子のモデルとなる女性を意識するようになる。

昭和二十年（一九四五）

一月、群馬県の中島飛行機小泉製作所で勤労動員。動員先から一時帰宅した二月四日に入営通知を受取り、兵庫県富合村で入隊検査を受けるが、肺浸潤と診断され即日帰郷となる。五月から、神奈川県の海軍高座工廠《こうしょう》で勤労動員。八月、高熱と頭痛のため豪徳寺の親戚宅に帰宅していた三島は、そこで終戦の詔勅のラジオを聞く。十月、妹がチフスで死去。

昭和二十一年（一九四六）

川端康成の推薦により「煙草」が「人間」（六月）に掲載される。

昭和二十二年（一九四七）

十一月、東京大学法学部卒業、十二月、高等文官試験に合格し、大蔵省に勤務する。

昭和二十三年（一九四八）

八月、河出書房の坂本一亀《かずき》から、書下ろし小説の執筆を依頼される。大蔵省を辞める決意を固め、九月に辞表提出。

昭和二十四年（一九四九）
　七月、坂本の依頼に応えて『仮面の告白』を刊行。
昭和二十五年（一九五〇）
　目黒区緑が丘に持ち家を購入して転居。
昭和二十六年（一九五一）
『禁色』を「群像」（一月〜十月）に連載。十二月二十五日から、北米、南米、欧州を回る世界旅行に出かける（翌年五月に帰国）。
昭和二十七年（一九五二）
「卒塔婆小町―近代能楽集の内」（「群像」一月）、「秘楽《ひぎょう》―『禁色』第二部」（「文学界」八月〜翌年八月）を発表。
昭和二十九年（一九五四）
『潮騒』（新潮社、六月）刊行。十一月、歌舞伎座にて「鰯売恋曳網」初演。
昭和三十年（一九五五）
　九月、ボディビルを始める。
昭和三十一年（一九五六）
『金閣寺』を「新潮」（一月〜十月）に連載。『近代能楽集』（新潮社、四月）刊行。十一月、文学座により「鹿鳴館」初演。「橋づくし」（「文芸春秋」十二月）を発表。
昭和三十二年（一九五七）

七月、英訳『近代能楽集』がクノップ社から刊行されるのに合わせて渡米（翌年一月に帰国）。
昭和三十三年（一九五八）
六月、日本画家杉山寧《やすし》の長女・瑤子《ようこ》と結婚。十月、鉢の木会のメンバーと季刊誌「声」（～三十六年一月）を創刊し、『鏡子の家』の冒頭を発表。
昭和三十四年（一九五九）
五月、大田区馬込に自宅を建て転居。六月、長女・紀子誕生。『鏡子の家（第一部、第二部）』（新潮社、九月）刊行。
昭和三十五年（一九六〇）
三月、主演映画「からっ風野郎」（大映）封切。十一月、夫人同伴で世界旅行に出発（翌年一月に帰国）
昭和三十六年（一九六一）
「憂国」（「小説中央公論」一月）を発表。二月、深沢七郎の「風流夢譚」をめぐり嶋中事件が起きる。三月、『宴のあと』がプライバシーの権利を侵害しているとして、有田八郎より提訴される。
昭和三十七年（一九六二）
五月、長男・威一郎誕生。
昭和三十八年（一九六三）
一月、芥川比呂志、岸田今日子らが文学座を去り、福田恆存を中心に劇団・雲を結成。三島は文学座に残り、文学座再建の指揮をとる。細江英公撮影の写真集『薔薇刑』（集英社、三月）刊行。『午後の曳航』（講談社、九月）刊行。十二月、「喜びの琴」の上演保留問題をめぐり、文学座を正式に退座。
昭和三十九年（一九六四）
一月、グループＮ・Ｌ・Ｔ（後の劇団ＮＬＴ）を結成し、顧問に就任。
昭和四十年（一九六五）
四月、映画「憂国」を完成させる。『春の雪』（「新潮」九月〜四十二年一月）、『太陽と鉄』（「批評」十一月〜四十三年六月）を連載。九月、夫人同伴で米国、欧州、東南アジアを旅行（十月帰国）。十一月、Ｎ・Ｌ・Ｔと紀伊国屋ホールの提携により「サド侯爵夫人」初演。
昭和四十一年（一九六六）
四月、映画「憂国」封切。「英霊の声」（「文芸」六月）を発表。
昭和四十二年（一九六七）
『奔馬』（「新潮」二月〜四十三年八月）、「『道義的革命』の論理―磯部一等主計の遺稿について」（「文芸」三月）を発表。四月十二日から五月二十七日まで、久留米の陸上自衛隊幹部候補生学校、陸上自衛隊富士学校、習志野第一空挺団で体験入隊を実行。九月、夫人同伴でインド、タイなどを旅行（夫人は先に帰国。三島は十月に帰国）。
昭和四十三年（一九六八）
三月、陸上自衛隊富士学校滝ヶ原分屯地で、学生を引率して第一回目の体験入隊。四月、劇団ＮＬＴ脱退と劇団浪曼劇場結成を発表。「文化防衛論」（「中央公論」七月）、『暁の寺』（「新潮」九月〜四十五年四月）を発表。十月、学生たちとの民兵組織・楯の会の結成を記者発表。

昭和四十四年（一九六九）

一月、劇団浪曼劇場第一回公演として「わが友ヒットラー」初演。十月、楯の会例会で、初代学生長を務めた持丸博が退会挨拶をする。二代目学生長は森田必勝。十一月、国立劇場にて「椿説弓張月」初演。

昭和四十五年（一九七〇）

二月二十日、脱稿した『暁の寺』の原稿を、新潮社の編集者に渡す。三月、陸上自衛隊滝ヶ原分屯地で、楯の会会員を引率して五回目の体験入隊。この頃から、森田との間で決起計画の立案。また、『豊饒の海』第四巻の構想を練り直し、『天人五衰』（「新潮」七月〜四十六年一月）として連載。十一月二十五日、森田らとともに市谷の陸上自衛隊東部方面総監部に入り割腹自殺。

参考文献

奥野健男『三島由紀夫伝説』(新潮社、平5・2)
猪瀬直樹『ペルソナ　三島由紀夫伝』(文春文庫、平11・11)
平岡梓『伜・三島由紀夫』(文春文庫、平8・11)
坊城俊民『焔の幻影　回想　三島由紀夫』(角川書店、昭46・11)
松本健一『蓮田善明　日本伝説』(河出書房新社、平2・11)
矢代静一『旗手たちの青春』(新潮社、昭60・2)
木村徳三『文芸編集者の戦中戦後』(大空社、平7・7)
本多秋五『物語戦後文学史　中』(岩波同時代ライブラリー、平4・4)
岩下尚史『見出された恋』(雄山閣、平20・4)
吉田満『戦中派の死生観』(文芸春秋、昭55・2)
井出孫六『その時この人がいた』(毎日新聞社、昭62・2)
川端康成・三島由紀夫『川端康成・三島由紀夫　往復書簡』(新潮文庫、平12・11)
戌井市郎『芝居の道』(芸団協出版部、平11・5)
堂本正樹『回想　回転扉の三島由紀夫』(文春新書、平17・11)
宮崎正弘『三島由紀夫はいかにして日本回帰したのか』(清流出版、平12・11)

山本舜勝『自衛隊「影の部隊」』（講談社、平13・6）
村松剛『三島由紀夫の世界』（新潮文庫、平8・11）
森田必勝『わが思想と行動』（日新報道、平14・11）
伊達宗克『裁判記録「三島由紀夫事件」』（講談社、昭47・5）
ドナルド・キーン『声の残り　私の文壇交遊録』（朝日新聞社、平4・12）

（掲出は本書での言及順序に従い、刊本が複数ある場合は、現在もっとも入手しやすいものを挙げた）

あとがき

平成十一年、大量の未発表原稿や創作ノートなどを収蔵する三島由紀夫文学館が山梨県山中湖村に開館し、翌十二年から『決定版三島由紀夫全集』の刊行が始まった。私はその時以来、専門の研究者だけではなく、幅広い読者層を対象に、新資料を踏まえた新しい三島評伝を執筆したいという思いを抱懐しつつ研究を続けてきたが、本書はその成果をまとめたものである。

本書のキーワードは、表題にもある通り「仮面」である。三島由紀夫は「仮面の人」である。もっとも、「あの男は仮面を被《かぶ》っている」などと言うと、その人に対する批判的な意味が込められている場合が多いが、私はそういう意味でこの言葉を使っているわけではない。他方、私は「仮面」というものを、日常においては覆い隠されてしまう人間の存在の本質を解放する、なにか霊的な力を秘めた装置として称揚しているわけでもない。このことは、本書を通じて述べてきたつもりである。しかし、お読み頂ければわかるように、私は最後の最後で、「仮面」というキーワードに基づく本書の論旨全体を、覆してしまった。最後の一片を加えることによって、積木が崩れることがわかっていながら、あえて最後の木片をつけ加える。そういう傾向が三島にはあるが、あるいは私もその影響を受けているのかもしれない。

なお、本評伝の一部には平成二十年度から継続中の科学研究費補助金「三島由紀夫の手稿に関する総合的研究」の成果が活用されている。

本書の企画がスタートしてから、短くない時間が過ぎてしまったが、本評伝の執筆の場を紹介して下さった勤務先の先覚で芭蕉研究者の田中善信氏、口絵写真をご提供頂いた犬塚潔氏、辛抱強く原稿を待って下さった新典社の岡元学実氏、小松由紀子氏に心から御礼申し上げたい。

私は三島文学の「毒」を掬《すく》い取って本書の中に注ぎ込み、さらにはこれを浄化しようと試みた。その成否については読者の厳しい御叱正をお待ちしている。最後に、この「毒物処理」の作業に魂を奪われた私と付き合ってくれている（いや、そんな私を「制御」してくれている）妻の美穂子への感謝の念を記すことをお許し頂きたい。

平成二十一年　早春の山中湖にて

井上隆史

井上　隆史（いのうえ　たかし）
昭和38年　横浜市に生まれる
平成1年　東京大学文学部卒業
平成5年　同大学院博士課程中退
現職　白百合女子大学教授
　　　山中湖文学の森三島由紀夫文学館研究員
主著　『三島由紀夫　幻の遺作を読む―もう一つの『豊饒の海』』（光文社，平22・11），『三島由紀夫事典』（共編，勉誠出版，平12・11），『決定版三島由紀夫全集42（年譜・書誌）』（共著，新潮社，平17・8），『三島由紀夫の愛した美術』（共著，新潮社，平22・10）など。

豊饒なる仮面　三島由紀夫《みしまゆきお》　　日本の作家　49

2009年5月20日　1刷発行
2015年9月24日　2刷発行

著　者　井　上　隆　史
発行者　岡　元　学　実

発行所　株式会社　新　典　社

〒101－0051 東京都千代田区神田神保町1－44－11
TEL 営業部（03）3233－8051
編集部（03）3233－8052
FAX（03）3233－8053
振替口座　00170－0－26932

惠友印刷㈱，牧製本印刷㈱

ISBN978-4-7879-7049-7 C0395
http://www.shintensha.co.jp/　E-Mail:info@shintensha.co.jp

新典社選書

B6判・並製本・カバー装　　＊本体価格表示

日本の作家

*○数字は既刊

①額田王　菊池威雄
②大伴旅人・山上憶良　村山出
③柿本人麻呂　橋本達雄
④大伴家持　小野寛
⑤在原業平・小野小町　片桐洋一
⑥中務　稲賀敬二
⑦伊勢　片桐洋一
⑧紀貫之　村瀬敏夫
⑨右大将道綱母　増田繁夫
⑩赤染衛門　上村悦子
⑪清少納言　藤本宗利
⑫紫式部　稲賀敬二
⑬和泉式部　久保木寿子
⑭菅原孝標女　津本信博
15藤原俊成　渡部泰明
⑯西行　久保田淳
⑰鴨長明　三木紀人
⑱建礼門院右京大夫　松本寧至
⑲藤原俊成女　神尾暢子

20後鳥羽院　有吉保
㉑源実朝　志村士郎
㉒阿仏尼　長崎健・濱中修
㉓正徹　村尾誠一
㉔兼好法師　桑原博史
㉕井原西鶴　谷脇理史
㉖松尾芭蕉　白石悌三・田中善信
㉗向井去来　大内初夫・若木太一
㉘近松門左衛門　鳥越文蔵
㉙上嶋鬼貫　櫻井武次郎
㉚与謝蕪村　山下一海
㉛柄井川柳　鈴木勝忠
32上田秋成　木越治
㉝山東京山　津田眞弓
㉞小林一茶　黄色瑞華
㉟十返舎一九　棚橋正博
㊱森鷗外　山崎一穎
㊲二葉亭四迷　亀井秀雄
㊳伊藤左千夫　藤岡武雄
39夏目漱石
㊵正岡子規　松井利彦
㊶尾崎紅葉　岡保生

㊷国木田独歩　平岡敏夫
㊸田山花袋　小林一郎
㊹樋口一葉　岡保生
㊺有島武郎　安川定男
㊻長塚節　大戸三千枝
㊼尾崎放哉　瓜生鉄二
㊽石川啄木　昆豊
㊾三島由紀夫　井上隆史
㊿宮沢賢治　萬田務
(51)建部綾足　玉城司
(52)宝井其角　田中善信
(53)鶴屋南北　中山幹雄
(54)佐久間柳居　楠元六男
(55)中原中也　岡崎和夫
藤原定家　兼築信行・今井明
世阿弥・観阿弥　竹本幹夫
良寛　長谷完治
曲亭馬琴　播本眞一
加賀の千代女　藤原マリ子
山東京伝　山本和明
泉鏡花　吉田昌志
太宰治　安藤宏